ROBERT DES NOMS PROPRES

AMÉLIE NOTHOMB

Robert
des noms propres

ROMAN

ALBIN MICHEL

Lucette en était à sa huitième heure d'insomnie. Dans son ventre, le bébé avait le hoquet depuis la veille. Toutes les quatre ou cinq secondes, un sursaut gigantesque secouait le corps de cette fillette de dix-neuf ans qui, un an plus tôt, avait décidé de devenir épouse et mère.

Le conte de fées avait commencé comme un rêve : Fabien était beau, il se disait prêt à tout pour elle, elle l'avait pris au mot. L'idée de jouer au mariage avait amusé ce garçon de son âge et la famille, perplexe et émue, avait vu ces deux enfants mettre leurs habits de noces.

Peu après, triomphante, Lucette avait annoncé qu'elle était enceinte.

Sa grande sœur lui avait demandé :

— Ce n'est pas un peu tôt ?

— Ce ne sera jamais assez tôt ! avait répondu la petite, exaltée.

Peu à peu, les choses étaient devenues moins féeriques. Fabien et Lucette se disputaient beaucoup. Lui qui avait été si heureux de sa grossesse lui disait à présent :

— Tu as intérêt à cesser d'être folle quand le petit sera là !

— Tu me menaces ?

Il s'en allait en claquant la porte.

Pourtant, elle était sûre de ne pas être folle. Elle voulait que la vie soit forte et dense. Ne fallait-il pas être folle pour vouloir autre chose ? Elle voulait que chaque jour, chaque année, lui apporte le maximum.

Maintenant, elle voyait que Fabien

n'était pas à la hauteur. C'était un garçon normal. Il avait joué au mariage et, à présent, il jouait à l'homme marié. Il n'avait rien d'un prince charmant. Elle l'agaçait. Il disait :

— Ça y est, elle fait sa crise.

Parfois, il était gentil. Il lui caressait le ventre en disant :

— Si c'est un garçon, ce sera Tanguy. Si c'est une fille, ce sera Joëlle.

Lucette pensait qu'elle détestait ces prénoms.

Dans la bibliothèque du grand-père, elle avait pris une encyclopédie du siècle précédent. On y trouvait des prénoms fantasmagoriques qui présageaient des destins hirsutes. Lucette les notait consciencieusement sur des bouts de papier qu'elle perdait parfois. Plus tard, quelqu'un découvrait, çà et là, un lambeau chiffonné sur lequel était inscrit « Eleuthère » ou « Lutegarde », et personne ne comprenait le sens de ces cadavres exquis.

Très vite, le bébé s'était mis à bouger. Le gynécologue disait qu'il n'avait jamais eu affaire à un fœtus aussi remuant : « C'est un cas ! »

Lucette souriait. Son petit était déjà exceptionnel. C'était aux temps tout proches où il n'était pas encore possible de connaître à l'avance le sexe de l'enfant. Peu importait à la fillette enceinte.

— Ce sera un danseur ou une danseuse, avait-elle décrété, la tête pleine de rêves.

— Non, disait Fabien. Ce sera un footballeur ou une emmerdeuse.

Elle le regardait avec des poignards dans les yeux. Il ne disait pas ça pour être méchant, rien que pour la taquiner. Mais elle voyait dans ces réflexions de grand gamin la marque d'une vulgarité rédhibitoire.

Quand elle était seule et que le fœtus bougeait comme un fou, elle lui parlait tendrement :

— Vas-y, danse, mon bébé. Je te

protégerai, je ne te laisserai pas devenir un Tanguy footballeur ou une Joëlle emmerdeuse, tu seras libre de danser où tu voudras, à l'Opéra de Paris ou pour des bohémiens.

Peu à peu, Fabien avait pris le pli de disparaître des après-midi entiers. Il partait après le déjeuner et revenait vers dix heures du soir, sans explication. Epuisée par la grossesse, Lucette n'avait pas la force de l'attendre. Elle dormait déjà quand il revenait. Le matin, il restait au lit jusqu'à onze heures et demie. Il prenait un bol de café avec une cigarette qu'il fumait en regardant dans le vide.

— Ça va ? Tu ne te fatigues pas trop ? lui demanda-t-elle un jour.

— Et toi ? répondit-il.

— Moi, je fais un bébé. Tu es au courant ?

— Je pense bien. Tu ne parles que de ça.

— Eh bien c'est très fatigant, figure-toi, d'être enceinte.

— C'est pas ma faute. C'est toi qui l'as voulu. Je peux pas le porter à ta place.

— On peut savoir ce que tu fais, l'après-midi ?

— Non.

Elle éclata de rage :

— Je ne sais plus rien, moi ! Tu ne me dis plus rien !

— A part le bébé, rien ne t'intéresse.

— Tu n'as qu'à être intéressant. Alors, je m'intéresserai à toi.

— Je suis intéressant.

— Vas-y, intéresse-moi, si tu en es capable !

Il soupira et partit chercher un étui. Il en sortit un revolver. Elle ouvrit de grands yeux.

— C'est ça que je fais, l'après-midi. Je tire.

— Où ça ?

— Un club secret. Aucune importance.

— Il y a de vraies balles dedans ?

– Oui.

– Pour tuer les gens ?

– Par exemple.

Elle caressa l'arme avec fascination.

– Je deviens bon, tu sais. Je touche le cœur de la cible au premier coup. C'est une sensation que tu ne peux pas imaginer. J'adore. Quand je commence, je ne peux plus m'arrêter.

– Je comprends.

Cela ne leur arrivait pas souvent de se comprendre.

La grande sœur, qui avait déjà deux petits enfants, venait voir Lucette qu'elle adorait. Elle la trouvait si jolie, toute frêle avec son gros ventre. Un jour, elles se disputèrent :

– Tu devrais lui dire de chercher un boulot. Il va être père.

– Nous avons dix-neuf ans. C'est les parents qui paient.

– Ils ne vont pas payer éternellement.

– Pourquoi viens-tu m'embêter avec ces histoires ?

– C'est important, quand même.

– Il faut toujours que tu viennes gâcher mon bonheur !

– Qu'est-ce que tu racontes ?

– Et maintenant, tu vas me dire qu'il faut être raisonnable, et gna-gnagna !

– Tu es folle ! Je n'ai pas dit ça !

– Ça y est ! Je suis folle ! Je l'attendais, celle-là ! Tu es jalouse de moi ! Tu veux me détruire !

– Enfin, Lucette...

– Sors ! hurla-t-elle.

La grande sœur s'en alla, atterrée. Elle avait toujours su que la petite dernière était fragile, mais là, cela prenait des proportions inquiétantes.

Désormais, quand elle lui téléphonait, Lucette raccrochait lorsqu'elle entendait sa voix.

« J'ai assez de problèmes comme ça », pensait la cadette.

En vérité, sans se l'avouer, elle sentait qu'elle était sur une voie de garage et que sa grande sœur le savait. Comment gagneraient-ils leur vie un jour ? Fabien ne s'intéressait qu'aux armes à feu et elle, elle n'était bonne à rien. Elle n'allait quand même pas devenir caissière dans un super-marché. D'ailleurs, elle n'en serait sûrement pas capable.

Elle enfonçait un oreiller sur sa tête pour ne plus y penser.

Cette nuit-là, donc, le bébé avait le hoquet dans le ventre de Lucette.

On n'imagine pas l'influence du hoquet d'un fœtus sur une fillette enceinte à fleur de peau.

Fabien, lui, dormait comme un bienheureux. Elle, elle en était à sa huitième heure d'insomnie, et à son huitième mois de grossesse. Son ventre énorme lui donnait l'impression de contenir une bombe à retarde-ment.

Chaque hoquètement lui semblait correspondre au tic-tac qui la rapprochait du moment de l'explosion. Le fantasme devint réalité : il y eut bel et bien déflagration – dans la tête de Lucette.

Elle se leva, mue par une conviction soudaine qui lui ouvrit grands les yeux.

Elle alla chercher le revolver là où Fabien le cachait. Elle revint près du lit où le garçon dormait. Elle regarda son beau visage en visant sa tempe et murmura :

– Je t'aime, mais je dois protéger le bébé contre toi.

Elle approcha le canon et tira jusqu'à vider le chargeur.

Elle regarda le sang sur le mur. Ensuite, très calme, elle téléphona à la police :

– Je viens de tuer mon mari. Venez.

Quand les policiers arrivèrent, ils furent accueillis par une enfant enceinte jusqu'aux yeux qui tenait un revolver dans sa main droite.

— Posez cette arme ! dirent-ils en la menaçant.

— Oh, elle n'est plus chargée, répondit-elle en obéissant.

Elle conduisit les policiers jusqu'au lit conjugal pour montrer son œuvre.

— On l'emmène au commissariat ou à l'hôpital ?

— Pourquoi à l'hôpital ? Je ne suis pas malade.

— Nous ne savons pas. Mais vous êtes enceinte.

— Je ne suis pas sur le point d'accoucher. Emmenez-moi au commissariat, exigea-t-elle, comme si c'était un droit.

Quand ce fut chose faite, on lui dit qu'elle pouvait appeler un avocat. Elle dit que ce n'était pas nécessaire. Un homme dans un bureau lui posa des questions à n'en plus finir, au nombre desquelles figurait :

— Pourquoi avez-vous tué votre mari ?

— Dans mon ventre, le petit avait le hoquet.

— Oui, et ensuite ?

— Rien. J'ai tué Fabien.

— Vous l'avez tué parce que le petit avait le hoquet ?

Elle parut interloquée avant de répondre :

— Non. Ce n'est pas si simple. Cela dit, le petit n'a plus le hoquet.

— Vous avez tué votre mari pour faire passer le hoquet du petit ?

Elle eut un rire déplacé :

— Non, enfin, c'est ridicule !

— Pourquoi avez-vous tué votre mari ?

— Pour protéger mon bébé, affirma-t-elle, cette fois avec un sérieux tragique.

— Ah. Votre mari l'avait menacé ?

— Oui.

— Il fallait le dire tout de suite.

— Oui.

— Et de quoi le menaçait-il ?

— Il voulait l'appeler Tanguy si c'était un garçon et Joëlle si c'était une fille.

— Et puis ?

18

— Rien.

— Vous avez tué votre mari parce que vous n'aimiez pas son choix de prénoms ?

Elle fronça les sourcils. Elle sentait bien qu'il manquait quelque chose à son argumentation et, pourtant, elle était sûre d'avoir raison. Elle comprenait très bien son geste et trouvait d'autant plus frustrant de ne pas parvenir à l'expliquer. Elle décida alors de se taire.

— Vous êtes sûre que vous ne voulez pas un avocat ?

Elle en était sûre. Comment eût-elle expliqué cela à un avocat ? Il l'eût prise pour une folle, comme les autres. Plus elle parlait, plus on la prenait pour une folle. Donc, elle la bouclerait.

Elle fut incarcérée. Une infirmière venait la voir chaque jour.

Quand on lui annonçait une visite

de sa mère ou de sa grande sœur, elle refusait.

Elle ne répondait qu'aux questions concernant sa grossesse. Sinon, elle restait muette.

Dans sa tête, elle se parlait : « J'ai eu raison de tuer Fabien. Il n'était pas mauvais, il était médiocre. La seule chose qui n'était pas médiocre en lui, c'était son revolver, mais il n'en aurait jamais fait qu'un usage médiocre, contre les petits voyous du voisinage, ou alors il aurait laissé le bébé jouer avec. J'ai eu raison de le retourner contre lui. Vouloir appeler son enfant Tanguy ou Joëlle, c'est vouloir lui offrir un monde médiocre, un horizon déjà fermé. Moi, je veux que mon bébé ait l'infini à sa portée. Je veux que mon enfant ne se sente limité par rien, je veux que son prénom lui suggère un destin hors norme. »

Lucette accoucha en prison d'une petite fille. Elle la prit dans ses bras et la regarda avec tout l'amour du monde. Jamais on ne vit jeune mère plus émerveillée.

– Tu es trop belle ! répétait-elle au bébé.

– Comment l'appellerez-vous ?

– Plectrude.

Une délégation de matonnes, de psychologues, de vagues juristes et de médecins plus vagues encore défila auprès de Lucette pour protester : elle ne pouvait pas appeler sa fille comme ça.

– Je le peux. Il y a eu une sainte Plectrude. Je ne sais plus ce qu'elle a fait mais elle a existé.

On consulta un spécialiste qui confirma.

– Pensez à l'enfant, Lucette.

– Je ne pense qu'à elle.

– Ça ne lui posera que des problèmes.

– Ça préviendra les gens qu'elle est exceptionnelle.

– On peut s'appeler Marie et être exceptionnelle.

— Marie, ça ne protège pas. Plectrude, ça protège : cette fin rude, ça
sonne comme un bouclier.

— Appelez-la Gertrude, alors. C'est
plus facile à porter.

— Non. Ce début de Plectrude, ça
fait penser à un pectoral : ce prénom
est un talisman.

— Ce prénom est grotesque et votre
enfant sera la risée des gens.

— Non : il la rendra assez forte pour
qu'elle se défende.

— Pourquoi lui donner d'emblée
une raison de se défendre ? Elle aura
assez d'obstacles comme ça !

— Vous dites ça pour moi ?

— Entre autres.

— Rassurez-vous, je ne la gênerai pas
longtemps. Et maintenant, écoutez-
moi : je suis en prison, je suis privée
de mes droits. La seule liberté qui me
reste consiste à appeler mon enfant
comme je veux.

— C'est égoïste, Lucette.

— Au contraire. Et puis, ça ne vous
regarde pas.

Elle fit baptiser le bébé en prison pour être sûre de contrôler l'affaire.

La nuit même, elle confectionna une corde avec ses draps déchirés et se pendit dans sa cellule. Au matin, on retrouva son cadavre léger. Elle n'avait laissé aucune lettre, aucune explication. Le prénom de sa fille, sur lequel elle avait tant insisté, lui tint lieu de testament.

Clémence, la grande sœur de Lucette, vint chercher le bébé à la prison. On ne fut que trop content de se débarrasser de cette petite née sous d'aussi effroyables auspices.

Clémence et son mari Denis avaient deux enfants de quatre et deux ans, Nicole et Béatrice. Ils décidèrent que Plectrude serait leur troisième.

Nicole et Béatrice vinrent regarder leur nouvelle sœur. Elles n'avaient aucune raison de penser qu'elle était la fille de Lucette, dont elles n'avaient d'ailleurs jamais vraiment enregistré l'existence.

Elles étaient trop petites pour se rendre compte qu'elle portait un prénom à coucher dehors et l'adoptèrent, malgré quelques problèmes de prononciation. Longtemps, elles l'appelèrent « Plecrude ».

Jamais on ne vit bébé plus doué pour se faire aimer. Sentait-elle que les circonstances de sa naissance avaient été tragiques ? Elle conjurait son entourage, à force de regards déchirants, de n'en tenir aucun compte. Il faut préciser qu'elle avait pour cela un atout : des yeux d'une beauté invraisemblable.

Cette nouvelle-née petite et maigre plantait sur sa cible un regard énorme – énorme de dimension et de signification. Ses yeux immenses et magnifiques disaient à Clémence et à Denis : « Aimez-moi ! Votre destin est de m'aimer ! Je n'ai que huit semaines, mais je n'en suis pas moins un être grandiose ! Si vous saviez, si seulement vous saviez... »

Denis et Clémence avaient l'air de savoir. D'emblée, ils eurent pour Plectrude une sorte d'admiration. Elle était étrange jusque dans sa façon de boire son biberon à une lenteur insoutenable, de ne jamais pleurer, de dormir peu la nuit et beaucoup le jour, de montrer d'un doigt décidé les objets qu'elle convoitait.

Elle regardait gravement, profondément, quiconque la prenait dans ses bras, comme pour exprimer que c'était là le début d'une grande histoire d'amour et qu'il y avait de quoi être bouleversé.

Clémence, qui avait follement aimé sa sœur défunte, reporta sur Plectrude cette passion. Elle ne l'aima pas plus que ses deux enfants : elle l'aima différemment. Nicole et Béatrice lui inspiraient une tendresse débordante ;

Plectrude lui inspirait de la vénération.

Ses deux aînées étaient mignonnes, gentilles, intelligentes, agréables ; la petite dernière était hors norme – splendide, intense, énigmatique, loufoque.

Denis aussi fut fou d'elle dès le début et le resta. Mais rien jamais ne put égaler l'amour sacré que Clémence lui voua. Entre la sœur et la fille de Lucette, ce fut un ravage.

Plectrude n'avait aucun appétit et grandissait aussi lentement qu'elle mangeait. C'était désespérant. Nicole et Béatrice dévoraient et croissaient à vue d'œil. Elles avaient des joues rondes et roses qui réjouissaient leurs parents. Chez Plectrude, seuls les yeux grandissaient.

– Est-ce qu'on va vraiment l'appeler comme ça ? demanda un jour Denis.

– Bien sûr. Ma sœur a tenu à ce qu'elle porte ce prénom.

– Ta sœur était folle.

– Non. Ma sœur était fragile. De toute façon, c'est joli, Plectrude.

– Tu trouves ?

– Oui. Et puis ça lui va bien.

– Je ne suis pas d'accord. Elle a l'air d'une fée. Moi, je l'aurais appelée Aurore.

– C'est trop tard. Les petites l'ont déjà adoptée sous son vrai prénom. Et je t'assure que ça lui va bien : ça fait princesse gothique.

– Pauvre gosse ! A l'école, ça sera lourd à porter.

– Pas pour elle. Elle a assez de personnalité pour ça.

Plectrude prononça son premier mot à l'âge normal et ce fut : « Maman ! »

Clémence s'extasia. Hilare, Denis lui fit observer que le premier mot de chacun de ses enfants – et d'ailleurs de tous les enfants du monde – était Maman.

– Ce n'est pas pareil, dit Clémence.

Pendant très longtemps, « maman » fut le seul mot de Plectrude. Comme le cordon ombilical, ce mot lui était un lien suffisant avec le monde. D'emblée, elle l'avait voisé à la perfection, avec sa voyelle nasale à la fin, d'une voix sûre, au lieu du « mama-mama » de la plupart des bébés.

Elle le prononçait rarement mais, quand elle le prononçait, c'était avec une clarté solennelle qui forçait l'attention. On eût juré qu'elle choisissait son moment pour ménager ses effets.

Clémence avait six ans quand Lucette était née : elle se souvenait très bien de sa sœur à la naissance, à un an, à deux ans, etc. Aucune confusion n'était possible :

– Lucette était ordinaire. Elle pleurait beaucoup, elle était tour à tour adorable et insupportable. Elle n'avait rien d'exceptionnel. Plectrude ne lui ressemble en rien : elle est silencieuse, sérieuse, réfléchie. On sent combien elle est intelligente.

Denis se moquait gentiment de sa femme :

— Cesse de parler d'elle comme du messie. C'est une charmante petite, voilà tout.

Il la hissait à bout de bras au-dessus de sa tête en s'attendrissant.

Beaucoup plus tard, Plectrude dit : « Papa. »

Le lendemain, par pure diplomatie, elle dit : « Nicole » et « Béatrice ».

Son élocution était impeccable.

Elle mettait à parler la même parcimonie philosophique qu'elle mettait à manger. Chaque nouveau mot lui demandait autant de concentration et de méditation que les nouveaux aliments qui apparaissaient dans son assiette.

Quand elle voyait un légume

inconnu au sein de sa purée, elle le désignait à Clémence.

– Ça ? demandait-elle.

– Ça, c'est du poireau. Poi-reau. Essaie, c'est très bon.

Plectrude passait d'abord une demi-heure à contempler le morceau de poireau dans sa cuiller. Elle le portait à son nez pour en évaluer le parfum, puis elle l'observait encore et encore.

– C'est froid, maintenant ! disait Denis avec humeur.

Elle n'en avait cure. Quand elle estimait que son examen était fini, elle prenait l'aliment en bouche et le goûtait longuement. Elle n'émettait pas de jugement : elle recommençait l'expérience avec un deuxième morceau, puis un troisième. Le plus étonnant était qu'elle procédait ainsi même quand son verdict ultime, après quatre tentatives, était :

– Je déteste.

Normalement, quand un enfant a horreur d'un aliment, il le sait dès qu'il l'a effleuré avec sa langue. Plectrude, elle, voulait être sûre de ses goûts.

Pour les mots, c'était pareil ; elle conservait en elle les nouveautés verbales et les examinait sous leurs coutures innombrables avant de les ressortir, le plus souvent hors de propos, à la surprise générale :

— Girafe !

Pourquoi disait-elle « girafe » alors qu'on était en train de se préparer pour la promenade ? On la soupçonnait de ne pas comprendre ce qu'elle clamait. Or, elle comprenait. C'était seulement que sa réflexion était indépendante des contingences extérieures. Soudain, au moment d'enfiler son manteau, l'esprit de Plectrude avait achevé de digérer l'immensité du cou et des pattes de la girafe : il fallait donc qu'elle prononce son nom, histoire d'avertir les gens du surgissement de la girafe dans son univers intérieur.

— As-tu remarqué combien sa voix est jolie ? disait Clémence.

— Tu as déjà entendu un enfant qui n'avait pas une voix mignonne ? remarquait Denis.

— Justement ! Elle a une voix jolie, pas une voix mignonne, répliquait-elle.

En septembre, on la mit à l'école maternelle.

— Elle aura trois ans dans un mois. C'est un peu tôt, peut-être.

Là ne fut pas le problème.

Après quelques jours, la maîtresse avertit Clémence qu'elle ne pouvait pas garder Plectrude.

— Elle est encore trop petite, n'est-ce pas ?

— Non, madame. J'ai des enfants plus petits qu'elle en classe.

— Alors ?

— C'est à cause de son regard.

— Quoi ?

— Elle fait pleurer les autres enfants

rien qu'en les regardant fixement. Et je dois dire que je les comprends : quand c'est moi qu'elle regarde, je suis mal à l'aise.

Clémence, folle de fierté, annonça aux gens que sa fille avait été renvoyée de l'école maternelle à cause de ses yeux. Personne n'avait jamais entendu une pareille histoire.

Déjà, les gens marmonnaient :

— Vous avez connu des enfants qui s'étaient fait renvoyer de l'école maternelle, vous ?

— Et pour leurs yeux, en plus !

— C'est vrai qu'elle regarde bizarrement, cette gosse !

— Les deux aînées sont si sages, si gentilles. C'est un démon, la petite dernière !

Connaissait-on ou ne connaissait-on pas les circonstances de sa naissance ? Clémence se garda bien d'aller interroger les voisins là-dessus. Elle préféra considérer comme acquise la filiation directe qui la reliait à Plectrude.

Elle était ravie que son tête-à-tête avec la petite se prolongeât. Le matin, Denis partait au travail avec les deux aînées qu'il conduisait l'une à l'école, l'autre en maternelle. Clémence restait seule avec la petite dernière.

Dès que la porte se refermait sur son mari et ses enfants, elle se métamorphosait en une autre personne. Elle devenait le composé de fée et de sorcière que la présence exclusive de Plectrude révélait en elle.

– Nous avons le champ libre. Allons nous changer.

Elle se changeait au sens le plus profond du terme : non seulement elle enlevait ses vêtements ordinaires pour s'enrouler dans des étoffes luxueuses qui lui donnaient l'allure d'une reine indienne, mais elle troquait son âme de mère de famille contre celle d'une créature fantasmagorique dotée de pouvoirs exceptionnels.

Sous le regard fixe de l'enfant, la

jeune femme de vingt-huit ans laissait sortir de son sein la fée de seize ans et la sorcière de dix mille ans qui y étaient contenues.

Elle déshabillait ensuite la petite et la revêtait de la robe de princesse qu'elle lui avait achetée en cachette. Elle la prenait par la main et la conduisait devant le grand miroir où elles se contemplaient.

— Tu as vu comme nous sommes belles ?

Plectrude soupirait de bonheur.

Puis elle dansait pour charmer sa petite de trois ans. Celle-ci jubilait et entrait dans la danse. Clémence lui tenait les mains, pour soudain empoigner sa taille et la faire voler dans les airs.

Plectrude poussait des cris de joie.

— Maintenant, regarder les choses, demandait l'enfant qui connaissait le rituel.

— Quelles choses ? feignait d'ignorer Clémence.

— Les choses de princesse.

Les choses de princesse étaient les objets qui, pour l'une ou l'autre raison, avaient été élus comme nobles, magnifiques, insolites, rares – dignes, enfin, d'être admirés par une aussi auguste personne.

Clémence rassemblait, sur le tapis d'Orient du salon, ses bijoux anciens, des mules en velours carmin qu'elle avait portées un seul soir, le petit face-à-main cerclé de dorures Art nouveau, l'étui à cigarettes en argent, la fiasque arabe en laiton incrusté de pierres fausses et impressionnantes, une paire de gants en dentelle blanche, les bagues moyenâgeuses en plastique bariolé que Plectrude avait reçues d'un distributeur automatique, la couronne en carton doré de la fête des Rois.

On obtenait ainsi un monceau disparate que chacune trouvait merveilleux : en clignant des yeux, on eût dit un trésor véritable.

Bouche bée, la petite regardait ce butin de pirates. Elle prenait en main chaque objet et le contemplait avec un sérieux extatique.

Parfois, la grande lui mettait tous les bijoux ainsi que les mules ; ensuite, elle lui tendait le face-à-main et lui disait :

– Tu vas voir comme tu es belle.

Retenant son souffle, la petite regardait son reflet dans le miroir : au cœur du cerclage de dorures, elle découvrait une reine de trois ans, une prêtresse chamarrée, une fiancée persane le jour de ses noces, une sainte byzantine posant pour une icône. En cette image insensée d'elle-même, elle se reconnaissait.

N'importe qui eût éclaté de rire au spectacle de cette enfançonne parée comme une châsse délirante. Clémence souriait mais ne riait pas : ce qui la frappait, plus que le comique de la scène, c'était la beauté de la petite. Elle était belle comme les gravures que l'on trouvait dans les livres de contes de fées du temps jadis.

« Les enfants d'aujourd'hui ne sont plus beaux comme ça », pensait-elle absurdement – les enfants du passé n'étaient sûrement pas mieux.

Elle mettait de la « musique de princesse » (Tchaïkovski, Prokofiev) et préparait un goûter d'enfant en guise de déjeuner : pain d'épice, gâteaux au chocolat, chaussons aux pommes, biscuits aux amandes, flan à la vanille, avec pour boissons du cidre doux et du sirop d'orgeat.

Clémence disposait ces gâteries sur la table avec une honte amusée : jamais elle n'aurait autorisé ses deux aînées à se nourrir uniquement de sucreries. Elle se justifiait en pensant que le cas de Plectrude était différent :

– C'est un repas pour enfants de conte de fées.

Elle fermait les rideaux, allumait des bougies et appelait la petite. Celle-ci grignotait à peine, écoutant avec de grands yeux attentifs ce que lui racontait sa maman.

Vers quatorze heures, Clémence s'apercevait soudain que les aînées rentreraient dans à peine trois heures et qu'elle ne s'était acquittée d'aucune des tâches d'une mère de famille.

Elle sautait alors dans des vêtements ordinaires, courait au coin de la rue acheter des aliments sérieux, rentrait pour donner au logis une apparence possible, jetait le linge sale dans la machine puis partait à l'école chercher les enfants. Dans son empressement, elle n'avait pas toujours le temps ou la présence d'esprit d'enlever à Plectrude son déguisement — pour la simple raison qu'à ses yeux ce n'était pas un déguisement.

Ainsi, on voyait marcher dans la rue une jeune femme enjouée, tenant par la main une microscopique créature parée comme ne l'eussent pas osé les princesses des *Mille et Une Nuits*.

A la sortie de l'école, ce spectacle provoquait tour à tour la perplexité, le rire, l'émerveillement et la désapprobation.

Nicole et Béatrice poussaient toujours des cris de joie en voyant l'accoutrement de leur petite sœur, mais certaines mères disaient à haute et intelligible voix :

— On n'a pas idée d'habiller une enfant comme ça !

— Ce n'est pas un animal de cirque.

— Il ne faudra pas s'étonner si cette petite tourne mal, plus tard !

— Se servir de ses enfants pour faire son intéressante, c'est inqualifiable.

Il y avait aussi des adultes moins bêtes pour s'attendrir devant l'apparition. Cette dernière y éprouvait du plaisir, tout en trouvant normal, au fond, d'être ainsi contemplée, car elle avait remarqué, dans le miroir, qu'elle était très belle — et en avait ressenti un émoi voluptueux.

Il importe ici d'ouvrir une parenthèse afin de clore une fois pour toutes un début oiseux qui dure depuis beaucoup trop longtemps. Ceci pourrait s'appeler l'encyclique aux Arsinoé.

Dans *Le Misanthrope* de Molière, la jeune, jolie et coquette Célimène se voit tancer par la vieille et amère Arsinoé qui, verte de jalousie, vient lui signifier qu'elle ne devrait pas tant jouir de sa beauté. Célimène lui répond de façon absolument délectable. Hélas, le génie de Molière n'aura servi à rien, puisqu'on continue, près de quatre siècles plus tard, à tenir des propos moralisateurs, austères et pisse-vinaigre quand un être a le malheur de sourire à son reflet.

L'auteur de ces lignes n'a jamais éprouvé de plaisir à se voir dans un miroir, mais si cette grâce lui avait été accordée, elle ne se serait rien refusé de cet innocent plaisir.

C'est surtout aux Arsinoé du monde entier que ce discours s'adresse : en vérité, qu'avez-vous à y redire ? A qui ces bienheureuses nuisent-elles en jouissant de leur beauté ? Ne sont-elles pas plutôt les bienfaitrices de notre triste condition, en nous offrant à contempler d'aussi admirables visages ?

L'auteur ne parle pas ici de ceux qui ont fait d'une fausse joliesse un principe de mépris et d'exclusion, mais de ceux qui, simplement ravis par leur image, veulent associer les autres à leur joie naturelle.

Si les Arsinoé déployaient, à tâcher de tirer meilleur parti de leur propre physique, l'énergie qu'elles consacrent à déblatérer contre les Célimène, elles seraient deux fois moins laides.

Déjà, à la sortie de l'école, des Arsinoé de tous les âges s'en prenaient à Plectrude. Celle-ci, en bonne Célimène, n'en avait cure et ne se souciait que de ses admirateurs, sur le visage desquels elle guettait la surprise enchantée. La petite y éprouvait un plaisir ingénu qui la rendait encore plus belle.

Clémence ramenait au logis les trois enfants. Tandis que les aînées s'affairaient aux devoirs ou aux dessins, elle préparait des repas sérieux – du jambon, de la purée – et souriait parfois de la différence de traitement alimentaire de sa progéniture.

Pourtant, on n'eût pas pu l'accuser de favoritisme : elle aimait autant ses trois enfants. C'était pour chacune un amour à l'image de celle qui l'inspirait : sage et solide pour Nicole et Béatrice, fou et féerique pour Plectrude. Elle n'en était pas moins une bonne mère.

Quand on demanda à la petite ce qu'elle voulait comme cadeau d'anniversaire pour ses quatre ans, elle répondit sans l'ombre d'une hésitation :

– Des chaussons de ballerine.

Manière subtile de signifier à ses parents ce qu'elle voulait devenir. Rien n'eût pu donner plus de joie à

Clémence : elle avait été refusée, à quinze ans, à l'examen d'entrée des petits rats de l'Opéra, et ne s'en était jamais consolée.

On inscrivit Plectrude à un cours de ballet pour débutantes de quatre ans. Non seulement elle n'en fut pas renvoyée pour cause de regard intense, mais elle y fut aussitôt distinguée.

— Cette petite a des yeux de danseuse, dit la professeur.

— Comment peut-on avoir des yeux de danseuse ? s'étonna Clémence. N'a-t-elle pas plutôt un corps de danseuse, une grâce de danseuse ?

— Oui, elle a tout cela. Mais elle a aussi des yeux de danseuse et, croyez-moi, c'est le plus important et le plus rare. Si une ballerine n'a pas de regard, elle ne sera jamais présente à sa danse.

Ce qui était certain, c'était que les yeux de Plectrude atteignaient, quand elle dansait, une intensité extraordinaire. « Elle s'est trouvée », pensait Clémence.

A cinq ans, la petite n'allait toujours pas à l'école maternelle. Sa mère estimait qu'aller quatre fois par semaine au cours de ballet suffisait à lui apprendre l'art de vivre avec d'autres enfants.

– On n'enseigne pas que ça en maternelle, protestait Denis.

– A-t-elle vraiment besoin de savoir comment coller des gommettes, faire des colliers de nouilles et du macramé ? disait son épouse, les yeux au ciel.

En vérité, Clémence voulait prolonger autant que possible son tête-à-tête avec la fillette. Elle adorait les journées qu'elle passait en sa compagnie. Et les leçons de danse avaient sur l'école maternelle une supériorité indéniable : la maman avait le droit d'y assister.

Elle regardait virevolter l'enfant avec une fierté extatique : « Elle a un don, cette gosse ! » En comparaison, les autres petites filles semblaient des canetonnes.

Après les cours, la professeur ne manquait pas de venir lui dire :

– Il faut qu'elle continue. Elle est exceptionnelle.

Clémence ramenait sa fille au logis en lui répétant les compliments qu'elle avait reçus pour elle. Plectrude les accueillait avec la grâce d'une diva.

– De toute façon, l'école maternelle n'est pas obligatoire, concluait Denis avec un fatalisme amusé d'homme soumis.

Hélas, le cours préparatoire, lui, était obligatoire.

En août, comme son mari s'apprêtait à y inscrire Plectrude, la maman protesta :

– Elle n'a que cinq ans !

– Elle aura six ans en octobre.

Cette fois, il tint bon. Et le 1er septembre, ce ne fut plus deux mais trois enfants qu'ils conduisirent à l'école.

La petite dernière n'y était d'ailleurs pas opposée. Elle était plutôt faraude à l'idée d'essayer son cartable. On assista donc à une rentrée étrange : c'était la mère qui pleurait en voyant s'éloigner l'enfant.

Plectrude déchanta vite. C'était très différent des leçons de ballet. Il fallut rester assise pendant des heures sans bouger. Il fallut écouter une femme dont les propos n'étaient pas intéressants.

Il y eut une récréation. Elle se précipita dans la cour pour faire des bonds, tant ses pauvres jambes n'en pouvaient plus d'immobilité.

Pendant ce temps, les autres enfants jouaient ensemble : la plupart se connaissaient déjà depuis l'école maternelle. Ils se racontaient des choses. Plectrude se demanda ce qu'ils pouvaient bien se dire.

Elle se rapprocha pour écouter. C'était un bruissement ininterrompu, produit par un grand nombre de voix, qu'elle ne parvenait pas à attribuer à leurs propriétaires : il y était question de la maîtresse, des vacances, d'une certaine Magali, d'élastiques, et donne-moi un Malabar, et Magali c'est ma copine, mais tais-toi t'es trop bête, maaaaiheuuuu, t'as pas des Carambar, pourquoi je ne suis pas dans la classe de Magali, arrête, on jouera plus avec toi, je le dirai à la maîtresse, ouh la rapporteuse, d'abord t'avais qu'à pas me pousser, Magali elle m'aime plus que toi, et puis tes chaussures elles sont moches, arrêteuh, les filles c'est bête, je suis content de ne pas être dans ta classe, et Magali...

Plectrude s'en fut, épouvantée.

Ensuite, il fallut encore écouter la maîtresse. Ce qu'elle disait n'était toujours pas intéressant ; au moins était-ce plus homogène que le bavardage des mômes. C'eût été supportable s'il n'y avait eu ce devoir d'immobilité. Heureusement, il y avait une fenêtre.

– Dis donc, toi !

Au cinquième « dis donc, toi ! », et comme la classe entière riait, Plectrude comprit qu'on s'adressait à elle et tourna vers l'assemblée des yeux stupéfaits.

– Tu en mets du temps à réagir ! dit la maîtresse.

Tous les enfants s'étaient retournés pour regarder celle qui avait été prise en faute. C'était une sensation atroce. La petite danseuse se demanda quel était son crime.

– C'est moi qu'il faut regarder, et pas la fenêtre ! conclut la femme.

Comme il n'y avait rien à répondre, l'enfant se tut.

– On dit : « Oui, madame » !

– Oui, madame.

– Comment t'appelles-tu ? demanda l'institutrice, l'air de penser : « Je t'ai à l'œil, toi ! »

– Plectrude.

– Pardon ?

– Plectrude, articula-t-elle d'une voix claire.

Les enfants étaient encore trop

petits pour être conscients de l'énormité de ce prénom. Madame, elle, écarquilla les yeux, vérifia sur son registre et conclut :

— Eh bien, si tu cherches à faire ton intéressante, c'est réussi.

Comme si c'était elle qui avait choisi son propre prénom.

La petite pensa : « Elle en a de bonnes, celle-là ! C'est elle qui cherche à faire son intéressante ! La preuve, c'est qu'elle ne supporte pas de ne pas être regardée ! Elle veut se faire remarquer mais elle n'est pas intéressante ! »

Cependant, puisque l'institutrice était le chef, l'enfant obéit. Elle se mit à la regarder avec ses grands yeux fixes. Madame en fut déstabilisée mais n'osa pas protester, de peur de donner des ordres contradictoires.

Le pire fut atteint à l'heure du déjeuner. Les élèves furent conduits dans une vaste cantine où régnait une odeur caractéristique, mélange de vomi de môme et de désinfectant.

Ils durent s'asseoir à des tables de dix. Plectrude ne savait pas où aller et ferma les yeux afin de ne pas devoir choisir. Un flot la mena à une tablée d'inconnus.

Des dames apportèrent des plats au contenu et aux couleurs non identifiables. Paniquée, Plectrude ne put se décider à mettre ces corps étrangers dans son assiette. On la servit donc d'autorité et elle se retrouva devant une gamelle pleine de purée verdâtre et de petits carrés de viande brune.

Elle se demanda ce qui lui valait un sort aussi cruel. Jusqu'alors, pour elle, le déjeuner avait été une pure féerie où, à la lueur des chandelles, protégée du monde par des tentures de velours rouge, une maman belle et vêtue avec magnificence lui apportait des gâteaux et des crèmes qu'elle n'était même pas forcée de manger, au son de musiques célestes.

Et là, au milieu des cris d'enfants

moches et sales, en une salle laide où ça sentait bizarre, on jetait dans son assiette de la purée verte et on lui signifiait qu'elle ne quitterait pas la cantine sans avoir tout avalé.

Scandalisée par l'injustice du destin, la petite se mit en devoir de vider la gamelle. C'était épouvantable. Elle avait un mal fou à déglutir. A mi-parcours, elle vomit dans l'assiette et comprit l'origine de l'odeur.

— Beuh, t'es dégueulasse ! lui dirent les enfants.

Une dame vint enlever la gamelle et soupira : « Ah ! là là ! »

Au moins, elle ne fut plus obligée de manger ce jour-là.

Après ce cauchemar, il fallut encore écouter celle qui, sans succès, cherchait à faire son intéressante. Elle notait sur le tableau noir des assemblages de traits qui n'étaient même pas beaux.

A quatre heures et demie, Plectrude

fut enfin autorisée à quitter ce lieu aussi absurde qu'abject. A la sortie de l'école, elle aperçut sa maman et courut vers elle comme on court vers le salut.

Au premier regard, Clémence sut combien son enfant avait souffert. Elle la serra dans ses bras en murmurant des paroles de réconfort :

— Là, là, c'est fini, c'est fini.

— C'est vrai ? espéra la petite. Je n'y retournerai plus ?

— Si. C'est obligé. Mais tu t'habitueras.

Et Plectrude, atterrée, comprit qu'on n'était pas sur cette planète pour le plaisir.

Elle ne s'habitua pas. L'école était une géhenne et le resta.

Heureusement, il y avait les cours de ballet. Autant ce que l'institutrice enseignait était inutile et vilain, autant ce que le professeur de danse enseignait était indispensable et sublime.

Ce décalage commença à poser quelques problèmes. Après plusieurs mois, la plupart des enfants de la classe parvenaient à déchiffrer les lettres et à en tracer. Plectrude, elle, semblait avoir décidé que ces choses-là ne la concernaient pas : quand arrivait son tour et que la maîtresse lui montrait une lettre inscrite au tableau, elle prononçait un son au hasard, toujours à côté de la plaque, avec un manque d'intérêt un peu trop manifeste.

L'institutrice finit par exiger de voir les parents de cette cancre. Denis en fut gêné : Nicole et Béatrice étaient de bonnes élèves et ne l'avaient pas habitué à ce genre d'humiliation. Clémence, sans l'avouer, ressentit une obscure fierté : décidément, cette petite rebelle ne faisait rien comme tout le monde.

– Si ça continue comme ça, elle va redoubler son CP ! annonça la maîtresse menaçante.

La maman ouvrit des yeux admira-
tifs : elle n'avait jamais entendu parler
d'un enfant qui redoublait son cours
préparatoire. Cela lui parut une
action d'éclat, une audace, une inso-
lence aristocratique. Quel enfant
oserait redoubler son CP ? Là où
même les plus médiocres s'en tiraient
sans trop d'embarras, sa fille affirmait
déjà crânement sa différence, non, son
exception !

Denis, lui, ne l'entendit pas de cette
oreille :

— Nous allons réagir, madame !
Nous allons prendre la situation en
main !

— Le redoublement est-il encore
évitable ? demanda Clémence, pleine
d'un espoir que les tiers interprétèrent
à l'envers.

— Bien sûr. Du moment qu'elle par-
vient à lire les lettres avant la fin de
l'année scolaire.

La maman cacha sa déception.
C'était trop beau pour être vrai !

— Elle les lira, madame, dit Denis.

C'est bizarre : cette petite a pourtant l'air très intelligente.

– C'est possible, monsieur. Le problème, c'est que ça ne l'intéresse pas.

« Ça ne l'intéresse pas ! releva Clémence. Elle est formidable ! Ça ne l'intéresse pas ! Quelle personnalité ! Là où les mômes avalent tout sans broncher, ma Plectrude fait déjà le tri entre ce qui est intéressant et ce qui ne l'est pas ! »

– Ça ne m'intéresse pas, Papa.

– Enfin, c'est intéressant, d'apprendre à lire ! protesta Denis.

– Pourquoi ?

– Pour lire des histoires.

– Tu parles. Dans le livre de lecture, la maîtresse nous lit parfois des histoires. C'est tellement embêtant que j'arrête d'écouter au bout de deux minutes.

Clémence applaudit mentalement.

– Tu veux redoubler ton CP ? C'est ça que tu veux ? s'emporta Denis.

– Je veux devenir danseuse.

– Même pour devenir danseuse, tu dois réussir ton CP.

L'épouse s'aperçut soudain que son mari avait raison. Elle réagit aussitôt. Dans sa chambre, elle alla chercher un gigantesque livre du siècle dernier.

Elle prit la petite sur ses genoux et feuilleta avec elle, religieusement, le recueil de contes de fées. Elle eut soin de ne pas lui faire la lecture, de se contenter de lui montrer les très belles illustrations.

Ce fut un choc dans la vie de l'enfant : elle n'avait jamais été aussi émerveillée qu'en découvrant ces princesses trop magnifiques pour toucher terre, qui, enfermées dans leur tour, parlaient à des oiseaux bleus qui étaient des princes, ou se déguisaient en souillons pour réapparaître encore plus sublimes, quatre pages plus loin.

Elle sut à l'instant, avec une certitude à la portée des seules petites filles, qu'elle deviendrait un jour l'une de

ces créatures qui rendent les crapauds
nostalgiques, les sorcières abjectes et
les princes abrutis.

– Ne t'inquiète pas, dit Clémence
à Denis. Avant la fin de la semaine,
elle lira.

Le pronostic était au-dessous de la
vérité : deux jours plus tard, le cerveau de Plectrude avait tiré profit des
lettres assommantes et vaines qu'il
croyait ne pas avoir absorbées en classe
et trouvé la cohérence entre les signes,
les sons et le sens. Deux jours plus
tard, elle lisait cent fois mieux que les
meilleurs élèves du CP. Comme quoi
il n'est qu'une clef pour accéder au
savoir, et c'est le désir.

Le livre de contes lui était apparu
tel le mode d'emploi pour devenir
l'une des princesses des illustrations.
Puisque la lecture lui était désormais
nécessaire, son intelligence l'avait
assimilée.

— Que ne lui as-tu montré ce bouquin plus tôt ? s'extasia Denis.

— Ce recueil est un trésor. Je ne voulais pas le gâcher en le lui montrant trop tôt. Il fallait qu'elle soit en âge d'apprécier une œuvre d'art.

Deux jours plus tard, donc, la maîtresse avait constaté le prodige : la petite cancre qui, seule de son espèce, ne parvenait à identifier aucune lettre, lisait à présent comme une première de classe de dix ans.

En deux jours, elle avait appris ce qu'une professionnelle n'avait pas réussi à lui enseigner en cinq mois. L'institutrice crut que les parents avaient une méthode secrète et leur téléphona. Denis, fou de fierté, lui raconta la vérité :

— Nous n'avons rien fait du tout. Nous lui avons seulement montré un livre assez beau pour lui donner envie de lire. C'est ce qui lui manquait.

Dans son ingénuité, le père ne se

rendit pas compte qu'il commettait une grosse gaffe.

La maîtresse, qui n'avait jamais beaucoup aimé Plectrude, se mit dès lors à la détester. Non seulement elle considéra ce miracle comme une humiliation personnelle, mais en plus elle éprouva envers la petite la haine qu'un esprit moyen ressent vis-à-vis d'un esprit supérieur : « Mademoiselle avait besoin que le livre soit beau ! Voyez-vous ça ! Il est assez beau pour les autres ! »

Dans sa perplexité rageuse, elle relut de bout en bout le livre de lecture incriminé. Y était narrée la vie quotidienne de Thierry, petit garçon souriant, et de sa grande sœur Micheline, qui lui préparait des tartines pour son goûter et l'empêchait de faire des bêtises, car elle était raisonnable.

— Enfin, c'est charmant ! s'exclama-t-elle au terme de sa lecture. C'est frais, c'est ravissant ! Qu'est-ce qu'il lui faut, à cette péronnelle ?

Il lui fallait de l'or, de la myrrhe et de l'encens, de la pourpre et des lys, du velours bleu nuit semé d'étoiles, des gravures de Gustave Doré, des fillettes aux beaux yeux graves et à la bouche sans sourire, des loups douloureusement séduisants, des forêts maléfiques – il lui fallait tout sauf le goûter du petit Thierry et de sa grande sœur Micheline.

L'institutrice ne perdit plus une occasion d'exprimer sa haine envers Plectrude. Comme celle-ci restait la dernière en calcul, la maîtresse l'appelait « le cas désespéré ». Un jour où elle ne parvenait pas à effectuer une addition élémentaire, Madame l'invita à retourner à sa place en lui disant :

– Toi, ça ne sert à rien que tu fasses des efforts. Tu n'y arriveras pas.

Les élèves de CP étaient encore à cet âge suiviste où l'adulte a toujours raison et où la contestation est impensable. Plectrude fut donc l'objet de tous les mépris.

Au cours de ballet, en vertu d'une logique identique, elle était la reine. La professeur s'extasiait sur ses aptitudes et, sans oser le dire (car ce n'eût pas été très pédagogique envers les autres enfants), la traitait comme la meilleure élève qu'elle ait eue de son existence. Par conséquent, les petites filles vénéraient Plectrude et jouaient des coudes pour danser auprès d'elle.

Ainsi, elle avait deux vies bien distinctes. Il y avait la vie de l'école, où elle était seule contre tous, et la vie du cours de ballet, où elle était la vedette.

Elle avait assez de lucidité pour se rendre compte que les enfants du cours de danse seraient peut-être les premières à la mépriser, si elles étaient au cours préparatoire avec elle. Pour cette raison, Plectrude se montrait distante envers celles qui sollicitaient son amitié – et cette attitude exacerbait encore davantage la passion des petites ballerines.

A la fin de l'année, elle réussit son CP de justesse, au prix d'efforts soutenus en calcul. Pour la récompenser, ses parents lui offrirent une barre murale, afin qu'elle pût effectuer ses exercices devant le grand miroir. Elle passa les vacances à s'entraîner. Fin août, elle tenait son pied dans la main.

A la rentrée scolaire l'attendait une surprise : la composition de sa classe était la même que celle de l'année précédente, à une notoire exception près. Il y avait une nouvelle.

C'était une inconnue pour tous sauf pour elle, puisque c'était Roselyne du cours de ballet. Ebahie de bonheur d'être dans la classe de son idole, elle demanda l'autorisation de s'asseoir à côté de Plectrude. Jamais auparavant cette place n'avait été sollicitée : elle lui fut donc attribuée.

Plectrude représentait pour Roselyne l'idéal absolu. Elle passait des heures à contempler cette égérie inaccessible qui, par miracle, était devenue sa voisine à l'école.

Plectrude se demanda si cette vénération résisterait à la découverte de son impopularité scolaire. Un jour, comme l'institutrice remarquait sa faiblesse en calcul, les enfants se permirent des commentaires bêtes et méchants sur leur condisciple. Roselyne s'indigna de ce procédé et dit à celle qu'on raillait :

— Tu as vu comment ils te traitent ?

La cancre, habituée, haussa les épaules. Roselyne ne l'en admira que plus et conclut par :

— Je les déteste !

Plectrude sut alors qu'elle avait une amie.

Cela changea sa vie.

Comment expliquer le prestige considérable dont jouit l'amitié aux yeux des enfants ? Ceux-ci croient, à tort d'ailleurs, qu'il est du devoir de leurs parents, de leurs frères et sœurs, de les aimer. Ils ne conçoivent pas qu'on puisse leur reconnaître du mérite pour ce qui relève, selon eux, de leur mission. Il est typique de l'enfant de dire : « Je l'aime parce que c'est mon frère (mon père, ma sœur...). C'est obligé. »

L'ami, d'après l'enfant, est celui qui le choisit. L'ami est celui qui lui offre ce qui ne lui est pas dû. L'amitié est donc pour l'enfant le luxe suprême – et le luxe est ce dont les âmes bien nées ont le plus ardent besoin. L'amitié donne à l'enfant le sens du faste de l'existence.

De retour à l'appartement, Plectrude annonça avec solennité :

– J'ai une amie.

C'était la première fois qu'on l'entendait dire cela. Clémence en eut d'abord un pincement au cœur. Très vite, elle parvint à se raisonner : il n'y aurait jamais de concurrence entre l'intruse et elle. Les amis, ça passe. Une mère, ça ne passe pas.

– Invite-la à dîner, dit-elle à sa fille.

Plectrude ouvrit des yeux terrifiés :

— Pourquoi ?

— Comment, pourquoi ? Pour nous la présenter. Nous voulons connaître ton amie.

La petite découvrit à cette occasion, que quand on voulait rencontrer quelqu'un, on l'invitait à dîner. Cela lui parut inquiétant et absurde : connaissait-on mieux les gens quand on les avait vus manger ? Si tel était le cas, elle n'osait imaginer l'opinion qu'on avait d'elle à l'école, où la cantine était pour elle un lieu de torture et de vomissements.

Plectrude se dit que, si elle voulait connaître quelqu'un, elle l'inviterait à jouer. N'était-ce pas dans le jeu que les gens se révélaient ?

Roselyne n'en fut pas moins invitée à dîner, puisque tel était l'usage pour les adultes. Les choses se passèrent très bien. Plectrude attendit avec impatience que les mondanités s'achevassent : elle savait qu'elle dormirait avec son amie, dans sa chambre, et cette idée lui paraissait formidable.

Ténèbres, enfin.

— Tu as peur du noir ? espéra-t-elle.

— Oui, dit Roselyne.

— Moi pas !

— Dans le noir, je vois des bêtes monstrueuses.

— Moi aussi. Mais j'aime ça.

— Tu aimes ça, les dragons ?

— Oui ! Et les chauves-souris aussi.

— Ça ne te fait pas peur ?

— Non. Parce que je suis leur reine.

— Comment le sais-tu ?

— Je l'ai décidé.

Roselyne trouva cette explication admirable.

— Je suis la reine de tout ce qu'on voit dans le noir : les méduses, les crocodiles, les serpents, les araignées, les requins, les dinosaures, les limaces, les pieuvres.

— Ça ne te dégoûte pas ?

— Non. Je les trouve beaux.

— Rien ne te dégoûte, alors ?

– Si ! Les figues sèches.

– C'est pas dégoûtant, les figues sèches !

– Tu en manges ?

– Oui.

– N'en mange plus, si tu m'aimes.

– Pourquoi ?

– Les vendeuses les mâchent et puis elles les remettent dans le paquet.

– Qu'est-ce que tu racontes ?

– Pourquoi crois-tu que c'est tout écrasé et moche ?

– C'est vrai, ce que tu dis ?

– Je te le jure. Les vendeuses les mâchent et puis les recrachent.

– Beuh !

– Tu vois ! Il n'y a rien de plus dégoûtant au monde que les figues sèches.

Elles se pâmèrent d'un dégoût commun qui les porta au septième ciel. Elles se détaillèrent longuement l'aspect répugnant de ce fruit desséché en poussant des cris de plaisir.

– Je te jure que je n'en mangerai

plus jamais, dit solennellement Roselyne.

— Même sous la torture ?

— Même sous la torture !

— Et si on t'en enfonce dans la bouche, de force ?

— Je jure de vomir ! déclara l'enfant, avec la voix d'une jeune mariée.

Cette nuit éleva leur amitié au rang de culte à mystères.

En classe, le statut de Plectrude avait changé. Elle était passée de la condition de pestiférée à celle de meilleure amie adulée. Si au moins elle avait été adorée par une cloche de son espèce, on eût pu continuer à la déclarer indésirable. Mais Roselyne était quelqu'un de bien sous tous rapports aux yeux des élèves. Son seul défaut, qui consistait à être une nouvelle, était une tare très éphémère. Dès lors, on se demanda si on ne s'était pas trompé au sujet de Plectrude.

Evidemment, ces discussions n'eurent jamais lieu. C'est dans l'inconscient collectif de la classe que ces réflexions circulèrent. Leur impact n'en fut que plus grand.

Certes, Plectrude demeurait une cancre en calcul et en beaucoup d'autres branches. Mais les enfants découvrirent que la faiblesse en certaines matières, surtout quand elle atteignait des degrés extrêmes, avait quelque chose d'admirable et d'héroïque. Peu à peu, ils comprirent le charme de cette forme de subversion.

L'institutrice, elle, ne semblait pas le comprendre.

Les parents furent à nouveau convoqués.

— Avec votre permission, nous allons faire passer des tests à votre enfant.

Il n'y avait pas moyen de refuser. Denis en ressentit une humiliation profonde : on considérait sa fille comme une handicapée. Clémence exulta : Plectrude était hors norme. Quand bien même on détecterait que la petite était une débile mentale, elle prendrait cela comme un signe d'élection.

On soumit donc à l'enfant toutes sortes de suites logiques, d'énumérations absconses, de figures géométriques avec énigmes hors de propos, de formules pompeusement appelées algorithmes. Elle répondit mécaniquement, le plus vite possible, pour dissimuler une violente envie de rire.

Fut-ce le hasard ou le fruit de l'absence de réflexion ? Elle obtint un résultat si excellent que c'en était effarant. Et ce fut ainsi qu'en l'espace d'une heure, Plectrude passa du statut de simplette à celui de génie.

— Je ne suis pas étonnée, commenta sa mère, vexée de l'émerveillement de son mari.

Ce changement de terminologie comportait des avantages, comme ne tarda pas à le remarquer la petite. Avant, quand elle ne s'en sortait pas avec un exercice, l'institutrice la regardait avec affliction et les plus odieux des élèves se moquaient d'elle. A présent, quand elle ne venait pas à bout d'une opération simple, la maîtresse la contemplait comme l'albatros de Baudelaire, que son intelligence de géante empêchait de calculer, et ses condisciples avaient honte d'en trouver sottement la solution.

Par ailleurs, comme elle était réellement intelligente, elle se demanda pourquoi elle ne parvenait pas à résoudre des calculs faciles, alors que, pendant les tests, elle avait répondu correctement à des exercices qui la dépassaient. Elle se souvint qu'elle n'avait absolument pas réfléchi pendant ces examens et conclut que la clef était dans l'irréflexion absolue.

Dès lors, elle prit soin de ne plus réfléchir quand on la mettait devant une opération et de noter les premiers chiffres qui lui passaient par la tête. Ses résultats n'en devinrent pas meilleurs, mais ils n'en devinrent pas pires non plus. Elle décida par conséquent de conserver cette méthode, qui, pour être d'une inefficacité égale à la précédente, était défoulante à ravir. Et ce fut ainsi qu'elle devint la cancre le plus estimée de France.

Tout eût été parfait s'il n'y avait eu, à la fin de chaque année scolaire, ces formalités ennuyeuses destinées à sélectionner ceux qui auraient le bonheur de passer dans la classe supérieure.

Cette période était le cauchemar de Plectrude qui n'était que trop consciente du rôle du hasard dans ces péripéties. Heureusement, sa réputation de génie la précédait : quand le professeur voyait l'incongruité de ses résultats en mathématiques, il en concluait que l'enfant avait peut-être raison dans une autre dimension et passait l'éponge. Ou alors, il questionnait la petite sur son raisonnement, et ce qu'elle disait le laissait pantois d'incompréhension. Elle avait appris à mimer ce que les gens croyaient être le langage d'une surdouée. Par exemple, au terme d'un charabia échevelé, elle concluait par un limpide : « C'est évident. »

Ce n'était pas du tout évident pour les maîtres et maîtresses. Mais ils préféraient ne pas s'en vanter et donnaient à cette élève leur *nihil obstat*.

Génie ou pas génie, la fillette n'avait qu'une obsession : la danse.

Plus elle grandissait, plus les professeurs s'émerveillaient de ses dons. Elle avait la virtuosité et la grâce, la rigueur et la fantaisie, la joliesse et le sens tragique, la précision et l'élan.

Le mieux, c'est qu'on la sentait heureuse de danser – prodigieusement heureuse. On sentait sa jubilation à livrer son corps à la grande énergie de la danse. C'était comme si son âme n'avait attendu que cela depuis dix mille ans. L'arabesque la libérait de quelque mystérieuse tension intérieure.

Qui plus est, on devinait qu'elle avait le sens du spectacle : la présence d'un public augmentait son talent, et plus les regards dont elle était l'objet avaient d'acuité, plus son mouvement était intense.

Il y avait aussi ce miracle de sveltesse qui ne la lâchait pas. Plectrude était et restait d'une minceur digne d'un bas-relief égyptien. Sa légèreté insultait aux lois de la pesanteur.

Enfin, sans jamais s'être consultés, les professeurs disaient d'elle la même chose :

— Elle a des yeux de danseuse.

Clémence avait parfois l'impression que trop de fées s'étaient penchées sur le berceau de l'enfant : elle craignait que cela ne finisse par attirer les foudres divines.

Heureusement, sa progéniture s'accommodait du prodige sans aucun problème. Plectrude n'avait pas empiété sur les domaines de ses deux aînées : Nicole était première en sciences et en éducation physique, Béatrice avait la bosse des mathématiques et le sens de l'histoire. Peut-être par diplomatie instinctive, la petite était nulle dans toutes ces matières – même en gymnastique, où la danse semblait ne lui être d'aucun secours.

Ainsi, Denis avait coutume d'attribuer à chacun de ses rejetons un tiers des accès à l'univers : « Nicole sera une scientifique et une athlète : pourquoi pas cosmonaute ? Béatrice sera une intellectuelle à la tête peuplée de nombres et de faits : elle fera des statistiques historiques. Et Plectrude est une artiste débordante de charisme : elle sera danseuse ou leader politique, ou les deux à la fois. »

Il concluait son pronostic par un

éclat de rire qui était de fierté et non de doute. Les enfants l'écoutaient avec plaisir, car de telles paroles étaient flatteuses : mais la plus jeune ne pouvait se défendre d'une certaine perplexité, tant devant ces oppositions qui lui paraissaient ennemies du savoir que devant l'assurance paternelle.

Elle avait beau n'avoir que dix ans et ne pas être en avance pour son âge, elle avait quand même compris une grande chose : que les gens, sur cette terre, ne récoltaient pas ce qui leur semblait dû.

Par ailleurs, avoir dix ans est ce qui peut arriver de mieux à un être humain. A fortiori à une petite danseuse auréolée du prestige de son art.

Dix ans est le moment le plus solaire de l'enfance. Aucun signe d'adolescence n'est encore visible à l'horizon : rien que l'enfance bien mûre, riche d'une expérience déjà longue, sans ce sentiment de perte qui assaille dès les prémices de la puberté. A dix ans, on n'est pas forcément heureux, mais on est forcément vivant, plus vivant que quiconque.

Plectrude, à dix ans, était un noyau d'intense vie. Elle était au sommet de son règne. Elle régnait sur son école de danse, dont elle était l'étoile incontestée, toutes tranches d'âge confondues. Elle régnait sur sa classe de septième, qui menaçait de devenir une cancrocratie, tant l'élève la plus nulle en mathématiques, sciences, histoire, géographie, gymnastique, etc., était considérée comme un génie.

Elle régnait sur le cœur de sa mère qui avait pour elle un engouement infini. Et elle régnait sur Roselyne, qui l'aimait autant qu'elle l'admirait.

Plectrude n'avait pas le triomphe écrasant. Son statut extraordinaire ne la transforma pas en l'une de ces pimbêches de dix ans qui se croient au-dessus des lois de l'amitié. Elle avait pour Roselyne un dévouement et lui vouait un culte égaux à ceux de son amie pour elle.

Une obscure prescience semblait l'avoir avertie qu'elle pouvait perdre son trône. Cette angoisse était d'autant plus vraisemblable qu'elle se rappelait l'époque où elle était la risée de sa classe.

Roselyne et Plectrude s'étaient déjà mariées plusieurs fois, le plus souvent l'une à l'autre, mais pas obligatoirement. Il pouvait aussi arriver qu'elles épousassent un garçon de leur classe qui, lors de fabuleuses cérémonies, était représenté par son propre ectoplasme, parfois sous forme d'un épouvantail à son effigie, parfois sous forme de Roselyne ou de Plectrude déguisée en homme — un chapeau claque suffisait à ce changement de sexe.

En vérité, l'identité du mari importait peu. Du moment que l'individu réel ou imaginaire ne présentait pas de vices rédhibitoires (gourmette, voix de fausset ou propension à commencer ses phrases par : « En fait... »), il pouvait convenir. Le but du jeu était de créer une danse nuptiale, genre de comédie-ballet digne de Lulli, avec des chants improvisés à partir des paroles le plus tragiques possible.

En effet, il était inévitable qu'après de trop courtes noces, l'époux se transformât en oiseau ou en crapaud, et que l'épouse se retrouvât enfermée dans une haute tour avec une consigne invivable.

— Pourquoi ça se termine toujours mal ? demanda un jour Roselyne.

— Parce que c'est beaucoup plus beau comme ça, assura Plectrude.

Cet hiver-là, la danseuse inventa un jeu sublime d'héroïsme : il s'agissait de se laisser ensevelir par la neige, sans bouger, sans opposer la moindre résistance.

— Faire un bonhomme de neige, c'est trop facile, avait-elle décrété. Il faut devenir un bonhomme de neige, en restant debout sous les flocons, ou un gisant de neige, en se couchant dans un jardin.

Roselyne la regarda avec admiration sceptique.

— Toi, tu feras le bonhomme, et moi le gisant, enchaîna Plectrude.

Son amie n'osa dire ses réticences. Et elles se retrouvèrent toutes les deux sous la neige, l'une allongée à même le sol et l'autre debout. Cette dernière cessa très vite de trouver ça drôle : elle avait froid aux pieds, envie de bouger, aucune envie de se transformer en monument vivant, et en plus elle s'ennuyait car, en dignes statues, les deux fillettes étaient tenues de se taire.

Le gisant, lui, exultait. Il avait gardé les yeux ouverts, comme les morts avant l'intervention d'un tiers. En se couchant par terre, il avait abandonné son corps : il s'était désolidarisé de la sensation glaciale et de la peur physique d'y laisser sa peau. Il n'était plus qu'un visage soumis aux forces du ciel.

Sa féminité d'enfant de dix ans n'était pas présente, non qu'elle fût encombrante : le gisant n'avait conservé que le minimum de lui-même afin d'opposer le moins de résistance possible au déferlement livide.

Ses yeux grands ouverts regardaient le spectacle le plus fascinant du monde : la mort blanche, éclatée, que l'univers lui envoyait en puzzle, pièces détachées d'un mystère immense.

Parfois, son regard scrutait son corps, qui fut enseveli avant son visage, parce que les vêtements isolaient la chaleur qui s'en dégageait. Puis ses yeux regagnaient les nuages, et peu à peu la tiédeur des joues diminuait, et bientôt le linceul put y déposer son premier voile, et le gisant s'empêcha de sourire pour ne pas en altérer l'élégance.

Un milliard de flocons plus tard, la mince silhouette du gisant était presque indiscernable, à peine un accident dans l'amalgame blanc du jardin.

La seule tricherie avait consisté à ciller parfois, pas toujours exprès d'ailleurs. Ainsi, ses yeux avaient conservé leur accès au ciel et pouvaient encore observer la lente chute mortelle.

L'air passait au travers de la couche glacée, évitant au gisant l'asphyxie. Il ressentait une impression formidable, surhumaine, celle d'une lutte contre il ne savait qui, contre un ange inidentifiable – la neige ou lui-même ? – mais aussi d'une sérénité remarquable, si profonde était son acceptation.

En revanche, sur le bonhomme, cela ne prenait pas. Indiscipliné et peu convaincu de la pertinence de cette expérimentation, il ne pouvait s'empêcher de remuer. Par ailleurs, la position debout favorisait moins l'ensevelissement – et encore moins la soumission.

Roselyne regardait le gisant en se demandant ce qu'elle devait faire. Elle connaissait le caractère jusqu'au-boutiste de son amie et savait qu'elle lui interdirait de se mêler de son salut.

Elle avait reçu la consigne de ne pas parler mais elle décida de l'enfreindre :

– Plectrude, tu m'entends ?

Il n'y eut pas de réponse.

Cela pouvait signifier que, furieuse de la désobéissance du bonhomme, elle décidait de le punir par le silence. Une telle attitude eût été dans son caractère.

Cela pouvait aussi signifier quelque chose de très différent.

Tempête sous le crâne de Roselyne.

La couche de neige était devenue si épaisse sur le visage du gisant que, même en cillant, il ne pouvait plus l'évacuer. Les orifices qui jusque-là étaient restés libres autour des yeux se refermèrent.

D'abord, la lumière du jour parvint encore à passer au travers du voile, et le gisant eut la sublime vision d'un dôme de cristaux à quelques millimètres de ses pupilles : c'était beau comme un trésor de gemmes.

Bientôt, le linceul devint opaque. Le candidat à la mort se retrouva dans le noir. La fascination des ténèbres était grande : il était incroyable de découvrir qu'en dessous de tant de blancheur régnait une telle obscurité.

Peu à peu, l'amalgame se densifia.

Le gisant s'aperçut que l'air ne passait plus. Il voulut se lever pour se libérer de ce bâillon, mais la couche glacée avait gelé, formant un igloo aux proportions exactes de son corps, et il comprit qu'il était prisonnier de ce qui serait son cercueil.

Le vivant eut alors une attitude de vivant : il cria. Les hurlements furent amortis par les centimètres de neige :

il n'émergea du monticule qu'un gémissement à peine audible.

Roselyne finit par l'entendre et se jeta sur son amie qu'elle arracha au tombeau de flocons, transformant ses mains en pelleteuse. Le visage bleu apparut, d'une beauté spectrale.

La survivante poussa un cri de délire :

— C'était magnifique !

— Pourquoi tu ne te levais pas ? Tu étais en train de mourir !

— Parce que j'étais enfermée. La neige avait gelé.

— Non, elle n'avait pas gelé. J'ai pu la retirer à la main !

— Ah bon ? C'est que le froid m'avait rendue trop faible pour bouger, alors.

Elle dit cela avec une telle désinvolture que Roselyne, perplexe, se demanda si ce n'était pas une simulation. Mais non, elle était vraiment bleue. On ne peut pas faire semblant de mourir, quand même.

Plectrude se mit debout et regarda le ciel avec reconnaissance.

— C'est formidable, ce qui m'est arrivé !

— Tu es folle. Je ne sais pas si tu te rends compte que, sans moi, tu ne serais plus vivante.

— Oui. Je te remercie, tu m'as sauvée. C'est encore plus beau comme ça.

— Qu'est-ce qu'il y a de beau là-dedans ?

— Tout !

La petite exaltée rentra chez elle et en fut quitte pour un gros rhume.

Son amie trouva qu'elle s'en était tirée à bon compte. Son admiration pour la danseuse ne l'empêchait pas de penser qu'elle déraillait : il fallait toujours qu'elle mît en scène son existence, qu'elle se projetât dans le grandiose, qu'elle organisât de sublimes dangers là où régnait le calme, qu'elle en réchappât avec des airs miraculés.

Roselyne ne put jamais se débarrasser du soupçon que Plectrude était restée volontairement enfermée sous son linceul de neige : elle connaissait les goûts de son amie et savait qu'elle eût trouvé l'histoire beaucoup moins admirable si elle en était sortie elle-même. Pour complaire à ses propres conceptions esthétiques, elle avait préféré attendre d'être sauvée. Et elle se demandait si elle n'eût pas été capable de se laisser mourir plutôt que d'enfreindre les lois héroïques de son personnage.

Certes, elle n'eut jamais la confirmation de ses supputations. Elle essayait parfois de se prouver le contraire : « Après tout, elle m'a appelée à l'aide. Si elle avait vraiment été folle, elle n'aurait pas crié au secours. »

Mais d'autres faits troublants avaient lieu, qui l'intriguaient. Quand elles attendaient le bus ensemble, Plectrude avait tendance à se tenir sur la rue et à y demeurer même quand il passait des voitures. Roselyne la ramenait alors, d'un geste autoritaire, sur le trottoir. A cet instant précis, la danseuse avait une expression bouleversée de plaisir.

Son amie ne savait pas ce qu'elle devait en penser. Cela l'énervait un peu.

Un jour, elle résolut de ne pas intervenir, pour voir. Elle vit.

Un camion fonçait droit sur Plectrude qui n'en restait pas moins sur la chaussée. Il était impossible qu'elle ne s'en fût pas aperçue. Et pourtant, elle ne bougeait pas.

Roselyne se rendit compte que son amie la regardait droit dans les yeux. Cependant, elle se répétait ce leitmotiv intérieur : « Je la laisse se débrouiller, je la laisse se débrouiller. »

Le camion approchait dangereusement.

– Attention ! hurla Roselyne.

La danseuse demeura immobile, les yeux dans les yeux de son amie.

A la dernière seconde, Roselyne

l'arracha à la rue en l'attrapant d'un bras furieux.

Plectrude en eut la bouche déformée de jouissance.

— Tu m'as sauvée, dit-elle en un soupir extatique.

— Tu es complètement folle, s'emporta l'autre. Le camion aurait très bien pu nous faucher toutes les deux. Tu aurais voulu que je meure à cause de toi ?

— Non, s'étonna l'enfant, l'air de ne pas avoir envisagé cette éventualité.

— Alors ne recommence plus jamais !

Elle se le tint pour dit.

En son for intérieur, Plectrude se repassa mille fois la scène de la neige.

Sa version en était très différente de celle de Roselyne.

En vérité, elle était à ce point danseuse qu'elle vivait les moindres scènes de sa vie comme des ballets. Les chorégraphies autorisaient que le sens du tragique se manifestât à tout bout de champ : ce qui, dans le quotidien, était grotesque, ne l'était pas à l'opéra et l'était encore moins en danse.

« Je me suis donnée à la neige dans le jardin, je me suis couchée sous elle et elle a élevé une cathédrale autour de moi, je l'ai vue construire lentement les murs, puis les voûtes, j'étais le gisant avec la cathédrale pour moi seul, ensuite les portes se sont refermées et la mort est venue me chercher, elle était d'abord blanche et douce, puis noire et violente, elle allait s'emparer de moi quand mon ange gardien est venu me sauver, à la dernière seconde. »

Tant qu'à être sauvée, il valait mieux l'être à la dernière seconde : c'était beaucoup plus beau comme ça. Un salut qui n'eût pas été ultime, c'eût été une faute de goût.

Roselyne ne savait pas qu'elle jouait le rôle de l'ange gardien.

Plectrude eut douze ans. C'était la première fois qu'un anniversaire lui donnait un vague pincement au cœur. Jusque-là, une année de plus, ça lui paraissait toujours bon à prendre : c'était un motif de fierté, un pas héroïque vers des lendemains forcément beaux. Douze ans, c'était comme une limite : le dernier anniversaire innocent.

Treize ans, elle refusait d'y penser. Ça sonnait horrible. Le monde des teenagers l'attirait aussi peu que possible. Treize ans, ce devait être plein de déchirures, de malaise, d'acné, de première règles, de soutiens-gorge et autres atrocités.

Douze ans, c'était le dernier anniversaire où elle pouvait se sentir à l'abri des calamités de l'adolescence. Elle caressa avec délectation son torse plat comme le parquet.

La danseuse alla se blottir dans les bras de sa mère. Celle-ci la cajola, la dorlota, lui dit des petits mots d'amour, la frictionna – lui prodigua les mille tendresses exquises que les meilleures des mères donnent à leurs filles.

Plectrude adorait ça. Elle fermait les yeux de plaisir : aucun amour, pensait-elle, ne pourrait lui plaire autant que celui de sa mère. Etre dans les bras d'un garçon, ça ne la faisait pas rêver. Etre dans les bras de Clémence, c'était l'absolu.

Oui, mais sa mère l'aimerait-elle toujours autant quand elle serait une adolescente boutonneuse ? Cette idée la terrifia. Elle n'osa pas poser la question.

Dès lors, Plectrude cultiva son enfance. Elle était comme un propriétaire terrien qui, pendant des années, aurait disposé d'un domaine gigantesque et qui, suite à une catastrophe, n'en aurait plus possédé qu'un petit arpent. Faisant contre mauvaise fortune bon cœur, elle entretenait son lopin de terre avec des trésors de soin et d'amour, bichonnant les rares fleurs d'enfance qu'il lui était encore possible d'arroser.

Elle se coiffait de nattes ou de couettes, se vêtait exclusivement de salopettes, se promenait en serrant un ours en peluche sur son cœur, s'asseyait sur le sol pour nouer les lacets de ses Kickers.

Pour se livrer à ces comportements de môme, elle n'avait pas à se forcer : elle se laissait aller au versant favori de son être, consciente que, l'année suivante, elle ne le pourrait plus.

De tels règlements peuvent sembler bizarres. Ils ne le sont pas pour les enfants et les petits adolescents, qui observent avec minutie ceux des leurs qui sont soit en avance soit en retard, avec des admirations aussi paradoxales que leur mépris. Ceux qui exagèrent soit leurs avances soit leurs retards s'attirent l'opprobre, la sanction, le ridicule ou, plus rarement, une réputation héroïque.

Prenez une classe de cinquième, de

quatrième, et demandez à n'importe quelle fille de cette classe lesquelles de ses consœurs portent déjà un soutien-gorge : vous serez étonné de la précision de la réponse.

Dans la classe de Plectrude – cinquième, déjà – il y en eut bien quelques-unes pour se moquer de ses couettes, mais c'était précisément des filles qui étaient en avance du côté du soutien-gorge, ce qui leur valait plus de dérision que de louanges : on pourrait donc supposer que leurs railleries compensaient leur jalousie pour le torse plat de la danseuse.

L'attitude des garçons envers les pionnières du soutien-gorge était ambiguë : ils les reluquaient tout en tenant sur elles des propos très méprisants. C'est d'ailleurs une habitude que le sexe masculin conserve sa vie durant, que de calomnier haut et fort ce qui hante ses obsessions masturbatoires.

Les premières manifestations de la sexualité apparurent à l'horizon de la

classe de cinquième, inspirant à Plectrude le besoin de se barder d'une
innocence prononcée. Elle eût été
incapable de mettre des mots sur sa
peur : elle savait seulement que si
certaines de ses condisciples se sentaient déjà prêtes pour ces « choses
bizarres », elle ne l'était pas, elle. Elle
s'appliquait inconsciemment à en
avertir les autres, à grand renfort
d'enfance.

Au mois de novembre, on annonça
l'arrivée d'un nouveau.

Plectrude aimait les nouveaux.
Roselyne fût-elle devenue sa meilleure
amie si elle n'avait pas été une nouvelle, cinq ans auparavant ? La petite
danseuse se trouvait toujours des
atomes crochus avec ces inconnus
plus ou moins effarés.

L'attitude consciente ou non de la
plupart des mômes consistait à se
montrer impitoyable envers le nouveau ou la nouvelle : la moindre de

ses « différences » (il pelait une orange avec un couteau, ou alors s'exclamait « crotte ! » à la place du classique « merde ! ») suscitait des gloussements.

Plectrude, elle, s'émerveillait de ces comportements étranges : ils lui inspiraient l'enthousiasme de l'ethnologue face aux mœurs d'une peuplade exotique. « Cette manière de peler son orange avec un couteau, c'est beau, c'est étonnant ! » ou encore : « Crotte, c'est tellement inattendu ! » Elle allait au-devant des nouveaux avec l'accueillante générosité d'une Tahitienne recevant des marins européens et brandissant son sourire en guise de collier d'hibiscus.

Le nouveau était particulièrement poignant quand il poussait l'incongruité jusqu'à arriver en cours d'année scolaire au lieu de se joindre au troupeau de septembre.

C'était le cas de ce nouveau nouveau. La petite danseuse était déjà dans les meilleures dispositions envers lui quand il entra. Le visage de Plectrude se figea en un mélange d'horreur et d'admiration.

Il s'appelait Mathieu Saladin. On lui trouva une place au fond, près du chauffage.

Plectrude n'écouta pas un mot de ce que le professeur racontait. Ce qu'elle éprouvait était extraordinaire. Elle avait mal à la cage thoracique et elle adorait ça. Mille fois elle voulut se retourner pour regarder le garçon. En général, elle ne se privait pas de contempler les gens jusqu'à l'impolitesse. Là, elle ne pouvait pas.

Vint enfin la récréation. En des temps plus ordinaires, la petite danseuse fût venue au-devant du nouveau avec un sourire lumineux, pour le mettre à l'aise. Cette fois, elle restait désespérément immobile.

En revanche, les autres étaient fidèles à leurs habitudes hostiles :

– Dis donc, le nouveau, il a fait la guerre du Viêt-nam, ou quoi ?

– On va l'appeler le balafré.

Plectrude sentit la colère monter en elle. Elle dut se retenir pour ne pas hurler :

– Taisez-vous ! Cette cicatrice est splendide ! Je n'ai jamais vu un garçon aussi sublime !

La bouche de Mathieu Saladin était fendue en deux par une longue plaie perpendiculaire, bien recousue mais terriblement visible. C'était beaucoup trop grand pour évoquer la marque post-opératoire d'un bec-de-lièvre.

Pour la danseuse, il n'y eut aucune hésitation : c'était une blessure de combat au sabre. Le patronyme du garçon lui évoquait les contes des *Mille et Une Nuits*, en quoi elle n'avait d'ailleurs pas tort, car c'était un nom de lointaine origine persane. Dès lors, il allait de soi que le garçon possédait un sabre recourbé. Il avait dû s'en servir pour taillader quelque infâme croisé venu revendiquer le tombeau du Christ. Avant de mordre la poussière, le chevalier chrétien, en un geste vengeur d'une mesquinerie révoltante (car, enfin, Mathieu Saladin s'était contenté de le couper en morceaux, ce qui était bien normal par les temps qui couraient), lui avait lancé son épée en travers de la bouche, inscrivant pour jamais ce combat sur son visage.

Le nouveau avait des traits réguliers, classiques, à la fois aimables et impassibles. La cicatrice n'en était que mieux mise en valeur. Plectrude, muette, s'émerveillait de ce qu'elle ressentait.

— Et alors, tu ne vas pas accueillir le nouveau, comme d'habitude ? dit Roselyne.

La danseuse pensa que son silence risquait d'attirer l'attention. Elle rassembla son courage, respira un grand coup et marcha vers le garçon avec un sourire crispé.

Il était justement avec un immonde gaillard du nom de Didier, un redoublant, qui essayait de s'accaparer Mathieu Saladin, histoire de se vanter d'avoir un balafré parmi ses relations.

— Bonjour, Mathieu, bafouilla-t-elle. Je m'appelle Plectrude.

— Bonjour, répondit-il, sobre et poli.

Normalement, elle ajoutait une formule tarte et gentille, du style : « Sois le bienvenu parmi nous » ou : « J'espère que tu t'amuseras bien avec nous. » Là, elle ne put rien dire. Elle tourna les talons et retourna à sa place.

— Drôle de prénom, mais très jolie fille, commenta Mathieu Saladin.

— Ouais, bof, murmura Didier en jouant les blasés. Si tu veux de la gonzesse, prends pas une gamine. Tiens, regarde Muriel : moi, je l'appelle Gros Seins.

— En effet, constata le nouveau.

— Tu veux que je te présente ?

Et avant même d'avoir sa réponse, il prit le garçon par l'épaule et le conduisit au-devant de la créature au torse avantageux. La danseuse n'entendit pas ce qu'ils se dirent. Elle eut en bouche un goût amer.

La nuit qui suivit cette première rencontre, Plectrude se tint ce discours :

« Il est pour moi. Il est à moi. Il ne le sait pas, mais il m'appartient. Je me le promets : Mathieu Saladin est pour moi. Peu importe que ce soit dans un mois ou dans vingt ans. Je me le jure. »

Elle se le répéta pendant des heures, comme une formule incantatoire, avec une assurance qu'elle ne retrouverait plus avant longtemps.

Dès le lendemain, en classe, elle dut se rendre à l'évidence : le nouveau n'avait pas un regard pour elle. Elle dardait sur lui ses yeux superbes sans qu'il les remarquât le moins du monde.

« S'il n'était pas blessé, il serait simplement beau. Avec cette cicatrice, il est magnifique », se répétait-elle.

Sans qu'elle le sût, cette obsession pour cette marque de combat était riche de signification, Plectrude se croyait la vraie fille de Clémence et de Denis et ne savait rien des circonstances de sa naissance véritable. Elle ignorait l'extraordinaire violence qui avait salué son arrivée parmi les vivants.

Pourtant, il devait y avoir une région, dans ses ténèbres intérieures, qui s'était imprégnée de ce climat de meurtre et de sang, car ce qu'elle éprouvait en contemplant la cicatrice du garçon était profond comme un mal ancestral.

Consolation : s'il ne s'intéressait pas à elle, il fallait reconnaître qu'il ne s'intéressait à personne d'autre. Mathieu Saladin était d'humeur égale, ses traits étaient peu mobiles, son visage n'exprimait rien en dehors d'une politesse neutre qui était destinée à tous. Il était de grande taille, très mince et très frêle. Ses yeux avaient la sagesse de ceux qui ont souffert.

Quand on lui posait une question, il prenait le temps de la réflexion et ce qu'il répondait était toujours intelligent. Plectrude n'avait jamais rencontré un garçon aussi peu stupide.

Il n'était ni particulièrement fort ni spectaculairement mauvais en aucune matière. Il atteignait dans chaque branche le niveau correct qui lui permettait de ne pas se faire remarquer.

La petite danseuse, dont les résultats étaient constants de nullité avec les années, l'admirait pour cela. Encore heureux qu'elle eût gagné la sympathie et une certaine estime auprès de ses pairs : sinon, elle eût eu encore plus de mal à supporter les réactions que suscitaient ses réponses.

– Pourquoi nous sortez-vous de telles pitreries ? demandaient certains professeurs, atterrés de ce qu'elle disait.

Elle eût voulu leur dire que ce n'était pas exprès. Mais elle avait le sentiment que cela aggraverait son cas. Tant qu'à provoquer les fous rires de la classe entière, autant plaider la préméditation.

Les professeurs croyaient qu'elle était fière des réactions du groupe et les suscitait. C'était le contraire. Quand ses bourdes déclenchaient l'hilarité générale, elle avait envie de se terrer.

Un exemple parmi des centaines : comme le thème du cours était la ville de Paris et ses monuments historiques, Plectrude fut interrogée sur le Louvre. La réponse attendue était le Carrousel du Louvre ; la petite répondit :

— L'arc de triomphe de Cadet Rousselle.

La classe applaudit à cette nouvelle ânerie avec l'enthousiasme d'un public saluant son comique.

Plectrude était désemparée. Ses yeux cherchèrent le visage de Mathieu Saladin : elle vit qu'il riait de bon cœur, avec attendrissement. Elle soupira d'un mélange de soulagement et de dépit : soulagement, car c'eût pu être pire ; dépit, car c'était une expression très différente de celle qu'elle avait espéré provoquer chez lui.

« Si seulement il pouvait me voir danser ! » pensait-elle.

Hélas, comment lui révéler son don ? Elle n'allait quand même pas venir au-devant de lui et lui sortir de but en blanc qu'elle était l'étoile de sa génération.

Comble de malchance, le nouveau ne fréquentait guère que Didier. Il ne fallait pas compter sur ce mauvais sujet pour le lui apprendre : Didier se fichait de Plectrude et du ballet comme de l'an 40. Il ne parlait que de revues cochonnes, de football, de cigarettes et de bière. Fort de son année de plus, il jouait à l'adulte, prétendait qu'il se rasait, ce qui était difficile à croire, et se vantait de ses succès auprès des filles de quatrième ou de troisième.

A se demander ce que Mathieu Saladin trouvait à la compagnie de ce débile. Au fond, il était clair qu'il ne lui trouvait rien : il côtoyait Didier parce que Didier voulait s'afficher avec lui. Il se souciait du redoublant comme d'une guigne. Il ne le gênait pas.

Un jour, au prix d'un courage fantastique, elle vint parler à son héros pendant la récréation. Elle s'entendit lui demander quel chanteur il aimait.

Il répondit aimablement qu'aucun chanteur ne le convainquait et que, pour cette raison, il avait constitué un groupe rock avec quelques amis :

— On se réunit dans le garage de mes parents pour créer la musique qu'on voudrait entendre.

Plectrude faillit s'évanouir d'admiration. Elle était trop amoureuse pour avoir de la présence d'esprit et ne dit donc pas ce qu'elle eût voulu dire :

— J'aimerais bien vous entendre jouer, ton groupe et toi.

Elle demeura muette. Mathieu Saladin en conclut que cela ne l'intéressait pas ; il ne l'invita donc pas dans son garage. S'il l'avait fait, elle n'eût pas perdu sept ans de sa vie. Petites causes, grands effets.

– Et toi, tu aimes quoi, comme musique ? demanda le garçon.

Ce fut un désastre. Elle était encore à l'âge où l'on écoute la même musique que ses parents. Denis et Clémence adoraient la bonne chanson française, Barbara, Léo Ferré, Jacques Brel, Serge Reggiani, Charles Trenet : si elle avait donné l'un de ces noms, c'eût été une réponse excellente et hautement respectable.

Mais Plectrude eut honte : « A douze ans, tu n'es même pas fichue d'avoir tes propres goûts ! Tu ne vas pas lui répondre ça : il comprendrait que c'est la musique de tes parents. »

Hélas, elle n'avait aucune idée de qui étaient les bons chanteurs de la fin des années soixante-dix. Elle ne connaissait qu'un seul nom et ce fut celui qu'elle cita :

– Dave.

La réaction de Mathieu Saladin ne fut pas vraiment méchante : il éclata de rire. « Pas de doute, cette fille est une rigolote ! » pensa-t-il.

Elle eût pu tirer parti de cette hilarité. Malheureusement, elle la vécut comme une humiliation. Elle tourna les talons et s'en alla. « Je ne lui adresserai plus jamais la parole », se dit-elle.

Commença pour elle une période de décadence. Ses résultats scolaires, de mauvais qu'ils avaient toujours été, passèrent à exécrables. La réputation de génie qui jusque-là avait semé le trouble dans l'âme des professeurs ne suffisait plus.

Plectrude y mettait du sien : elle semblait avoir opté pour le suicide scolaire. Non sans griserie, elle se fracassait contre les bornes de la nullité et les faisait voler en éclats.

Ce n'était pas exprès qu'elle répondait des énormités aux questions des professeurs : son seul choix était de ne plus se contrôler. Désormais, elle se laisserait aller, elle dirait ce que sa pente intérieure de cancre lui dicterait, ni plus ni moins. Le but n'était pas d'attirer l'attention (même si, pour être sincère, cela ne lui déplaisait pas) mais d'être rejetée, renvoyée, expulsée comme le corps étranger qu'elle était.

Le reste de la classe l'entendait proférer des monstruosités géographiques (« le Nil prend sa source dans la mer Méditerranée et ne se jette nulle part »), géométriques (« l'angle droit bout à quatre-vingt-dix degrés »), orthographiques (« le participe passé s'accorde avec les femmes sauf quand il y a un homme dans le groupe »), historiques (« Louis XIV devint protestant quand il épousa Edith de Nantes ») et biologiques (« le chat a les yeux nubiles et les griffes nyctalopes ») avec admiration.

Admiration du reste partagée par la fillette elle-même. En effet, ce n'était pas sans un étonnement extatique qu'elle s'entendait dire de telles bourdes : elle n'en revenait pas de contenir tant de perles surréalistes et prenait conscience de l'infini qui était en elle.

Quant aux autres élèves, ils étaient persuadés que l'attitude de Plectrude était pure provocation. Chaque fois que le professeur l'interrogeait, ils retenaient leur souffle, puis ils s'émerveillaient de l'aplomb naturel avec lequel elle sortait ses trouvailles. Ils croyaient que son but était de se moquer de l'institution scolaire et applaudissaient à son courage.

Sa réputation franchit les limites de la classe. A la récréation, tout l'établissement venait demander aux élèves de cinquième « la dernière de Plectrude ». On se racontait ses hauts faits comme une chanson de geste.

La conclusion était toujours identique :

— Elle y va fort !

— Tu y vas un peu fort, non ? s'emporta son père en voyant son carnet de notes.

— Je ne veux plus aller à l'école, Papa. Ce n'est pas pour moi.

— Ça ne se passera pas comme ça !

— Je veux devenir petit rat de l'Opéra de Paris.

Cela ne tomba pas dans l'oreille d'une sourde.

— Elle a raison ! dit Clémence.

— Tu la défends, en plus ?

— Bien sûr ! C'est un génie de la danse, notre Plectrude ! A son âge, il faut qu'elle s'y donne corps et âme ! Pourquoi continuerait-elle à perdre son temps avec des participes passés ?

Le jour même, Clémence téléphona à l'école des petits rats.

L'habituelle école de danse de la fillette se montra enthousiaste :

— Nous espérions que vous prendriez une telle décision ! Elle est faite pour ça !

On lui écrivit des lettres de recommandation où l'on parlait d'elle comme de la future Pavlova.

Elle fut convoquée par l'Opéra afin de passer un examen. Clémence hurla en recevant la lettre de convocation, qui ne signifiait pourtant rien.

Le jour fixé, Plectrude et sa mère prirent le RER. Le cœur de Clémence battait encore plus fort que celui de la petite quand elles arrivèrent à l'école des rats.

Deux semaines plus tard, Plectrude reçut sa lettre d'admission. Ce fut le plus beau jour de la vie de sa mère.

En septembre, elle commencerait l'école de l'Opéra, où elle serait pensionnaire. La fillette vivait un rêve. Un grand destin s'ouvrait devant elle.

On était en avril. Denis insista pour qu'elle terminât et réussît son année scolaire :

— Comme ça, tu pourras dire que tu t'es arrêtée en quatrième.

La petite trouva dérisoire cette entourloupe. Cependant, par affection pour son père, elle donna un coup de collier et obtint de justesse les résultats suffisants. Elle avait désormais la faveur de tous.

Le collège entier savait pourquoi elle partait et s'en enorgueillissait. Même les professeurs dont Plectrude avait été le cauchemar déclaraient qu'ils avaient toujours senti le « génie » de cette enfant.

Les pions vantaient sa grâce, les dames de la cantine louangeaient son manque d'appétit, le professeur d'éducation physique (branche dans laquelle la danseuse brillait par sa faiblesse) évoquait sa souplesse et la finesse de ses muscles ; le comble fut atteint quand ceux des élèves qui n'avaient jamais cessé de la haïr depuis le cours préparatoire se flattèrent d'être ses amis.

Hélas, le seul être de la classe que la petite eût voulu impressionner manifesta une admiration polie. Si elle avait mieux connu Mathieu Saladin, elle eût su pourquoi son visage était si impassible.

En vérité, il pensait : « Et merde ! Moi qui pensais avoir cinq ans devant moi pour arriver à mes fins ! Et elle qui va devenir une étoile ! Je ne la reverrai plus jamais, c'est certain. Si au moins elle était une amie, j'aurais un prétexte pour la rencontrer à l'avenir. Mais je n'ai jamais vraiment lié amitié avec elle et je ne vais pas me conduire comme ces ploucs qui font semblant de l'adorer depuis qu'ils savent ce qui l'attend. »

Le dernier jour de classe, Mathieu Saladin lui dit au revoir avec froideur.

« Encore heureux que je quitte le collège, soupira la danseuse. Je vais cesser de le voir et je penserai peut-être moins à lui. Ça lui est parfaitement égal, que je m'en aille ! »

Cet été-là, ils ne partirent pas en vacances : l'école des rats coûtait cher.

A l'appartement, le téléphone sonnait sans cesse : c'était un voisin, un oncle, un camarade, un collègue, qui voulait venir voir le phénomène.

— Et elle est belle, en plus ! s'exclamaient-ils à sa vue.

Plectrude avait hâte d'être pensionnaire afin d'échapper à ce défilé permanent de badauds.

Pour se désennuyer, elle ruminait son chagrin d'amour. Elle montait au sommet de son arbre dont elle enlaçait le tronc en fermant les yeux. Elle se racontait des histoires et le cerisier devenait Mathieu Saladin.

Elle les rouvrait et prenait conscience de la sottise de son attitude. Elle enrageait : « Qu'il est bête d'avoir douze ans et demi et de plaire à tout le monde sauf à Mathieu Saladin ! »

La nuit, dans son lit, elle se racontait des histoires beaucoup plus intenses : Mathieu Saladin et elle étaient enfermés dans un tonneau que l'on jetait dans les chutes du Niagara.

Le tonneau explosait sur des rochers et c'était tour à tour elle ou lui qui était blessé ou inanimé et qu'il fallait sauver.

Les deux versions avaient du bon. Quand c'était elle qu'il fallait sauver, elle adorait qu'il plonge pour la rechercher au fond des remous, qu'il l'enlace pour la ramener à la vie puis que, sur la berge, il lui fasse la respiration artificielle ; quand c'était lui qui était blessé, elle le sortait de l'eau et se racontait ses plaies dont elle léchait le sang, se réjouissant des nouvelles cicatrices qui allaient le rendre encore plus beau.

Elle finissait par ressentir des frissons de désir qui la rendaient folle.

Elle attendait la rentrée comme une libération. Ce fut une incarcération.

Elle savait qu'à l'école des rats régnerait une discipline de fer. Pourtant, ce qu'elle y découvrit surpassa de

loin ses pressentiments les plus déli-
rants.

Plectrude avait toujours été la plus
mince de tous les groupements
humains dans lesquels elle s'était
aventurée. Ici, elle faisait partie des
« normales ». Celles qu'on qualifiait
de minces eussent été appelées sque-
lettiques en dehors du pensionnat.
Quant à celles qui, dans le monde
extérieur, eussent été trouvées de proportions ordinaires, elles étaient en ces
murs traitées de « grosses vaches ».

Le premier jour fut digne d'une
boucherie. Une espèce de maigre et
vieille charcutière vint passer en revue
les élèves comme si elles avaient été
des morceaux de viande. Elle les
sépara en trois catégories à qui elle tint
ces discours :

— Les minces, c'est bien, continuez
comme ça. Les normales, ça va, mais
je vous ai à l'œil. Les grosses vaches,
soit vous maigrissez, soit vous partez :
il n'y a pas de place ici pour les truies.

Ces aimables hurlements furent

118

salués par l'hilarité des « minces » : on eût dit des cadavres qui rigolaient. « Elles sont monstrueuses », pensa Plectrude.

Une « grosse vache », qui était une jolie fillette d'un gabarit parfaitement normal, éclata en sanglots. La vieille vint l'engueuler en ces termes :

– Pas de sensibleries ici ! Si tu veux continuer à t'empiffrer de sucres d'orge dans les jupes de ta maman, personne ne te retient !

Ensuite, on mesura et pesa les jeunes morceaux de viande. Plectrude, qui aurait treize ans un mois plus tard, mesurait un mètre cinquante-cinq et pesait quarante kilos, ce qui était peu, surtout compte tenu du fait qu'elle était tout en muscles, comme une danseuse qui se respecte ; on ne lui en signifia pas moins que c'était un « maximum à ne pas dépasser ».

A toutes ces fillettes, ce premier jour à l'école des rats donna l'impression d'une éviction brutale de l'enfance : la veille, leurs corps étaient encore des plantes aimées que l'on arrosait et chérissait et dont la croissance était espérée comme un merveilleux phénomène naturel, garant des beaux lendemains, leurs familles étaient des jardins de terre grasse où la vie était lente et douillette. Et là, du jour au lendemain, on les arrachait à ce terreau humide et elles se retrouvaient dans un monde sec, où un œil âpre de spécialiste extrême-oriental décrétait que telle tige devait être allongée, que telle racine devait être affinée, et qu'elles le seraient, de gré ou de force, car, depuis le temps, on avait des techniques pour cela.

Ici, pas de tendresse dans les yeux des adultes : rien qu'un scalpel guettant les dernières pulpes de l'enfance. Les petites venaient d'effectuer un voyage instantané dans les siècles et dans l'espace : elles étaient passées en quelques secondes de la fin du IIe millénaire en France à la Chine médiévale.

C'était peu dire qu'en ces murs régnait une discipline de fer. L'entraînement commençait tôt le matin et se terminait tard le soir, avec d'insignifiantes interruptions pour un repas qui ne méritait pas ce nom et pour une plage d'études pendant laquelle les élèves savouraient si profondément le repos du corps qu'elles en oubliaient l'effort intellectuel requis.

A ce régime-là, toutes les filles maigrirent, y compris celles qui étaient déjà trop maigres. Ces dernières, loin de s'en inquiéter comme l'eussent fait des personnes de bon sens, s'en réjouirent. On n'était jamais trop squelettique. *hyperbole*

Contrairement à ce que le premier jour avait laissé supposer, le poids n'était pourtant pas la principale préoccupation. Les corps étaient tellement exténués par les heures interminables d'exercices que l'obsession était simplement de s'asseoir. Les moments où l'on n'employait pas ses muscles étaient vécus comme des miracles.

Dès le lever, Plectrude attendait le coucher. L'instant où l'on confiait au lit sa carcasse douloureuse de fatigue pour l'y abandonner pendant la nuit était si voluptueux qu'on ne parvenait pas à penser à autre chose. C'était la seule détente des fillettes ; les repas, à l'opposé, étaient des moments d'angoisse. Les professeurs avaient tant diabolisé la nourriture qu'elle en paraissait alléchante, si médiocre fût-elle. Les enfants l'appréhendaient avec terreur, dégoûtées du désir qu'elle suscitait. Une bouchée avalée était une bouchée de trop. *repetition*

Très vite, Plectrude se posa des questions. Elle était venue dans cet établissement pour y devenir une danseuse, pas pour y perdre le goût de vivre au point de ne pas avoir d'idéal plus élevé que le sommeil. Ici, elle travaillait la danse du matin au soir, sans avoir le sentiment de danser : elle était comme un écrivain forcé de ne pas écrire et d'étudier la grammaire sans discontinuer. Certes, la grammaire est essentielle, mais seulement en vue de l'écriture : privée de son but, elle est un code stérile, Plectrude ne s'était jamais sentie aussi peu danseuse que depuis son arrivée à l'école des rats. Dans le cours de ballet qu'elle avait fréquenté les années précédentes, il y avait place pour de petites chorégraphies. Ici, on faisait des exercices, point final. La barre finissait par évoquer les galères.

Cette perplexité semblait partagée par beaucoup d'élèves. Aucune n'en parlait et, cependant, on sentait le découragement se répandre parmi les enfants.

Il y eut des abandons. Ils semblaient avoir été espérés par les autorités. Ces défections en entraînaient d'autres. Ce dégraissage spontané enchantait les maîtres et meurtrissait Plectrude, pour qui chaque départ équivalait à un décès.

Ce qui devait arriver arriva : elle fut

tentée de partir. Ce qui l'en empêcha fut la sourde impression que sa mère le lui reprocherait et que même ses excellentes explications ne serviraient à rien.

Sans doute les chefs de l'école attendaient-ils l'abandon d'une liste déterminée de personnes car, du jour au lendemain, leur attitude changea. Les élèves furent convoquées dans une salle plus grande que d'habitude, où on leur tint d'abord ce langage :

— Vous avez dû observer, ces derniers temps, de nombreux départs. Nous n'irons pas jusqu'à dire que nous les avons délibérément provoqués, nous n'aurons cependant pas l'hypocrisie de les regretter.

Il y eut un silence, sans doute dans le seul but de mettre les enfants mal à l'aise.

— Celles qui sont parties ont prouvé qu'elles n'avaient pas vraiment envie de danser ; plus exactement, elles ont montré qu'elles n'avaient pas la patience nécessaire à une danseuse

124

véritable. Savez-vous ce que certaines de ces péronnelles ont déclaré, en annonçant leur défection ? Qu'elles étaient venues pour danser et qu'ici, on ne dansait pas. Qu'est-ce qu'elles s'imaginaient, celles-là ? Qu'après-demain, elles nous interpréteraient *Le Lac des cygnes* ?

Plectrude se rappela une expression de sa mère : « battre le chien devant le loup ». Oui, c'était bien cela : les professeurs étaient en train de battre les chiens devant les loups.

— Danser, cela se mérite. Danser, danser sur une scène devant un public, est le plus grand bonheur du monde. A dire vrai, même sans public, même sans scène, danser est l'ivresse absolue. Une joie si profonde justifie les sacrifices les plus cruels. L'éducation que nous vous donnons ici tend à présenter la danse pour ce qu'elle est : non pas le moyen, mais la récompense. Il serait immoral de laisser danser des élèves qui ne l'auraient pas mérité. Huit heures à la barre par jour et un régime de famine, cela ne paraîtra dur qu'à celles qui n'ont pas assez envie de danser. Alors, que celles qui veulent encore partir partent !

Plus aucune ne partit. Le message avait été bien reçu. Comme quoi l'on peut accepter les pires disciplines, pourvu qu'elles vous soient expliquées.

La récompense arriva : on dansa.

Certes, ce fut deux fois rien. Mais le simple fait de quitter la barre pour s'élancer, sous les regards des autres, au centre de la salle, d'y virevolter quelques instants et de sentir combien son corps possédait l'art de ce pas était affolant. Si dix secondes pouvaient procurer tant de plaisir, on osait à peine rêver de ce qu'on éprouverait en dansant deux heures.

Pour la première fois, Plectrude plaignait Roselyne qui n'avait pas été reçue à l'école des rats. Elle ne serait jamais qu'une jeune fille ordinaire pour qui la danse serait un délassement. A présent, Plectrude bénissait la dureté de ses professeurs, qui lui avaient appris que cet art était une religion.

Ce qui, jusque-là, l'avait scandalisée, lui semblait maintenant normal. Qu'on les affamât, les abrutît à la barre de rabâchages techniques des heures d'affilée, qu'on les injuriât, qu'on traitât de grosses vaches des gamines sans aucune rondeur, tout cela désormais lui paraissait acceptable.

Il y avait même des choses bien pires qui, au début, lui donnaient envie de crier à l'atteinte aux droits de l'homme et qui, à présent, ne la révoltaient plus. Celles qui présentaient plus tôt que d'autres des signes de puberté se voyaient obligées d'avaler des pilules interdites qui bloquaient certaines mutations de l'adolescence. Au terme d'une petite enquête, Plectrude s'aperçut que personne n'avait ses règles à l'école des rats, pas même dans les classes supérieures.

Elle en avait discuté en cachette avec une grande qui lui avait dit :

— Pour la plupart des élèves, les pilules ne sont même pas nécessaires : la sous-alimentation suffit à bloquer le cycle menstruel et les modifications physiques qu'entraîne l'apparition des règles. Pourtant, il y a quelques dures à cuire qui parviennent quand même à devenir pubères malgré les privations. Celles-ci doivent prendre la fameuse pilule qui arrête les menstruations. Le tampon, c'est l'objet introuvable de l'école.

— N'y a-t-il pas des filles qui ont leurs règles en cachette ?

— Tu es folle ! Elles savent que c'est contre leur intérêt. C'est elles-mêmes qui demandent la pilule.

Cette conversation, en son temps, avait scandalisé Plectrude. A présent, elle admettait les pires manipulations, elle trouvait magnifiques les lois spartiates de l'établissement.

Son esprit était subjugué, à la lettre : sous le joug des professeurs, leur donnant raison en tout.

Heureusement, à l'intérieur de sa tête, la voix de l'enfance encore proche, plus savamment contestataire que celle de l'adolescence, la sauvait, qui lui susurrait d'hygiéniques énormités : « Sais-tu pourquoi ce lieu s'appelle l'école des rats ? On dit que c'est le nom des élèves, mais c'est celui des professeurs. Oui, ce sont des rats, des pingres, avec de grandes dents pour ronger la viande sur le corps des ballerines. Nous avons du mérite à avoir la passion de la danse alors qu'ils l'ont si peu : eux, ce qui les intéresse, en bons rats qu'ils sont, c'est de nous ratisser, de nous bouffer. Rats, ça veut dire avares, et si ça n'était que d'argent ! Avares de beauté, de plaisir, de vie et même de danse ! Tu parles qu'ils aiment la danse ! Ils sont ses pires ennemis ! Ils sont choisis pour leur haine de la danse, exprès, parce que s'ils l'aimaient, ce serait trop facile pour nous. Aimer ce qu'aime son professeur, ce serait trop naturel. Ici, on exige de nous ce qui est surhumain : se sacrifier pour un art haï de nos maîtres, trahi cent fois par jour par la petitesse de leur esprit. La danse, c'est l'élan, la grâce, la générosité, le don absolu – le contraire de la mentalité d'un rat. »

Le dictionnaire Robert lui fournit l'alimentation qu'elle n'avait plus. Plectrude lut avec gourmandise et délectation : « rat d'égout, être fait comme un rat, face de rat, radin, rapiat ». Oui, vraiment, l'école portait bien son nom.

Il y avait pourtant une salubrité réelle à choisir des professeurs abjects. L'institution pensait, non sans raison, qu'il eût été immoral d'encourager les ballerines. La danse, art total s'il en fut, requérait l'investissement entier de l'être. Il était donc obligatoire d'éprouver la motivation des enfants en sapant jusqu'aux bases leur idéal. Celles qui ne résisteraient pas ne pourraient jamais avoir l'envergure mentale d'une étoile. De tels procédés, pour monstrueux qu'ils fussent, relevaient du comble de l'éthique.

Seulement, les professeurs ne le savaient pas. Ils n'étaient pas au courant de la mission suprême de leur sadisme et l'exerçaient par pure volonté de nuire.

C'est ainsi qu'en secret, Plectrude apprit aussi à danser contre eux.

En trois mois, elle perdit cinq kilos. Elle s'en réjouit. D'autant qu'elle avait remarqué un phénomène extraordinaire : en passant au-dessous de la barre symbolique des quarante kilos, elle n'avait pas seulement perdu du poids, elle avait aussi perdu du sentiment.

Mathieu Saladin : ce nom qui auparavant la mettait en transe la laissait désormais de glace. Pourtant, elle n'avait pas revu ce garçon, ni eu de ses nouvelles : il n'avait donc pu la décevoir. Elle n'avait pas non plus rencontré d'autres garçons qui eussent pu lui faire oublier celui qu'elle aimait.

Ce n'était pas davantage l'écoulement du temps qui l'avait refroidie. Trois mois, c'était court. Et puis, elle s'était trop observée pour ne pas remarquer l'enchaînement des causes et des effets : chaque kilo en moins emportait dans sa fonte une part de son amour. Elle ne le regrettait pas, au contraire : pour pouvoir le regretter, il eût fallu qu'elle éprouvât encore du sentiment. Elle se réjouissait d'être débarrassée de ce double fardeau : les cinq kilos et cette encombrante passion.

Plectrude se promit de retenir cette grande loi : l'amour, le regret, le désir, l'engouement – toutes ces sottises étaient des maladies sécrétées par les corps de plus de quarante kilos.

Si par malheur un jour elle pesait à nouveau ce poids d'obèse et si, en conséquence, le sentiment recommençait à torturer son cœur, elle connaîtrait le remède à cette pathologie ridicule : ne plus manger, se laisser descendre en dessous de la barre des quarante kilos.

Quand on pesait trente-cinq kilos, la vie était différente : l'obsession consistait à vaincre les épreuves physiques du jour, à distribuer son énergie de manière à en avoir assez pour les huit heures d'exercices, à affronter avec courage les tentations du repas, à cacher fièrement l'épuisement de ses forces – à danser, enfin, quand on l'aurait mérité.

La danse était la seule transcendance. Elle justifiait pleinement cette existence aride. Jouer avec sa santé n'avait aucune importance pourvu que l'on pût connaître cette sensation incroyable qui était celle de l'envol.

Il y a un malentendu autour de la danse classique. Pour beaucoup, elle n'est qu'un univers ridicule de tutus et de chaussons roses, de maniérismes à pointes et de mièvreries aériennes. Le pire, c'est que c'est vrai : elle est cela.

Mais elle n'est pas que cela. Débarrassez le ballet de ses afféteries gnangnan, de son tulle, de son académisme et de ses chignons romantiques : vous constaterez qu'il restera quelque chose et que cette chose est énorme. La preuve en est que les meilleurs danseurs modernes se recrutent à l'école classique.

Car le Graal du ballet, c'est l'envol. Aucun professeur ne le formule comme ça, de peur d'avoir l'air d'un fou furieux. Mais qui a appris la technique de la sissone, de l'entrechat, du grand jeté en avant, ne peut plus en douter : ce qu'on cherche à lui enseigner, c'est l'art de s'envoler.

Si les exercices à la barre sont si ennuyeux, c'est parce que celle-ci est un perchoir. Quand on rêve de s'envoler, on enrage d'être contraint à s'amarrer à un morceau de bois, des heures durant, alors que l'on sent dans ses membres l'appel de l'air libre.

En vérité, la barre correspond à l'entraînement que les oisillons reçoivent au nid : on leur apprend à déployer leurs ailes avant de s'en servir. Pour les oisillons, quelques heures suffisent. Mais si un humain a le projet invraisemblable de changer d'espèce et d'apprendre à voler, il est normal qu'il doive y consacrer plusieurs années d'exercices exténuants.

Il en sera récompensé au-delà de ses espérances quand viendra le moment où il aura le droit de quitter le perchoir – la barre – et de se jeter dans l'espace. Le spectateur sceptique ne voit peut-être pas ce qui se passe dans le corps de la danseuse classique à cet instant précis : c'est une folie véritable. Et que cette démence respecte un code et une discipline de fer n'enlève rien au côté insensé de l'affaire : le ballet classique est l'ensemble des techniques visant à présenter comme possible et raisonnable l'idée de l'envol humain. Dès lors, comment s'étonner des atours grotesques voire grand-guignolesques dans lesquels cette danse s'exerce ? S'attend-on vraiment à ce qu'un projet aussi dingue soit celui de gens sains d'esprit ?

Cette longue incise s'adresse à ceux chez qui le ballet ne suscite que le rire. Ils ont raison de rire, mais qu'ils ne se contentent pas de rire : la danse classique cache aussi un idéal terrifiant.

Et les ravages que ce dernier peut exercer dans un jeune esprit équivalent à ceux d'une drogue dure.

A Noël, il fallut passer de courtes vacances dans sa famille.

Aucune élève de l'école des rats ne s'en réjouissait. Au contraire, cette perspective les emplissait d'appréhension. Des vacances : à quoi cela pouvait-il bien servir ? Cela se justifiait du temps où le but de la vie était le plaisir. Mais cette époque, qui était celle de l'enfance, était révolue : à présent, le seul sens de l'existence était la danse.

Et la vie de famille, composée essentiellement de repas et d'avachissement, était en contradiction avec l'obsession nouvelle.

Plectrude se dit que c'était ça, aussi, quitter l'enfance : ne plus se réjouir à l'approche de Noël. C'était la première fois que cela lui arrivait. Elle avait eu raison, l'an passé, de tant craindre l'âge de treize ans. Elle avait vraiment changé.

Tous le constatèrent. Sa maigreur les frappa : sa mère fut la seule à s'en émerveiller. Denis, Nicole, Béatrice et Roselyne, qu'on avait invitée, désapprouvèrent :

— Tu as un visage en lame de couteau.

— Elle est danseuse, protesta Clémence. Il ne fallait pas vous attendre à ce qu'elle nous revienne avec des joues rondes. Tu es très belle, ma chérie.

Au-delà de sa maigreur, une

modification plus profonde les laissa d'autant plus perplexes qu'ils ne lui trouvèrent pas de nom. Peut-être n'osèrent-ils simplement pas la formuler tant elle était sinistre : Plectrude avait perdu beaucoup de sa fraîcheur. Elle qui avait toujours été une fillette rieuse manquait à présent de cet entrain qu'on lui avait connu.

« C'est sans doute le choc des retrouvailles », pensa Denis.

Mais cette impression s'accentua au fil des jours. C'était comme si la danseuse était absente : sa bienveillance apparente cachait mal son indifférence.

Quant aux repas, ils semblaient la torturer. On avait l'habitude qu'elle mange très peu ; maintenant, elle n'avalait carrément plus rien, et on la sentait tendue aussi longtemps qu'on n'avait pas quitté la table.

Si ses proches avaient pu voir ce qui se passait dans la tête de Plectrude, ils se seraient inquiétés encore davantage.

D'abord, le jour de son arrivée, ils lui avaient tous semblé obèses. Même Roselyne, une adolescente mince, lui parut énorme. Elle se demandait comment ils supportaient leur embonpoint.

Elle se demandait surtout comment ils toléraient cette vie vaine qui était la leur, cette mollesse étale et sans but. Elle bénissait son existence dure et ses privations : elle au moins, elle allait vers quelque chose. Ce n'était pas qu'elle avait le culte de la souffrance, mais elle avait besoin de sens : en cela, déjà, elle était adolescente.

En aparté, Roselyne lui raconta les mille histoires de leur classe. Elle pouffait et s'excitait :

— Et tu sais quoi ? Eh bien Vanessa, elle sort avec Fred, oui, le type de troisième !

Très vite, elle fut déçue de l'absence de succès qu'elle récoltait :

— Tu as été dans leur classe pendant

139

plus longtemps que moi et tu t'en fous, de ce qui leur arrive ?

— Ne le prends pas mal. Si tu savais comme tout cela est loin de moi, maintenant.

— Même Mathieu Saladin ? demanda Roselyne, fine mouche du passé mais pas du présent.

— Bien sûr, dit Plectrude avec lassitude.

— Ça n'a pas toujours été comme ça.

— Ça l'est.

— Il y a des garçons à ton école ?

— Non. Ils prennent leurs cours séparément. On ne les voit jamais.

— Rien que des filles, alors ? Quelle galère !

— Tu sais, on n'a pas le temps de penser à ces choses-là.

Plectrude n'eut pas le courage de se lancer dans ses explications sur la barrière qui séparait les plus de quarante kilos des moins de quarante kilos, mais elle en sentait plus que jamais la réalité. Qu'est-ce qu'elle s'en fichait, de ces ridicules flirts scolaires ! Cette pauvre Roselyne lui faisait d'autant plus pitié qu'elle portait désormais un soutien-gorge.

— Tu veux que je te le montre ?

— Quoi ?

— Mon soutif. Tu n'arrêtes pas de le zieuter pendant que je te parle.

Roselyne souleva son tee-shirt. Plectrude hurla d'horreur.

En son for intérieur, la petite, qui avait appris à danser contre ses professeurs, apprit aussi à vivre contre sa famille. Elle ne lui disait rien mais elle observait les siens avec consternation : « Comme ils sont affalés ! Comme ils sont soumis aux lois de la pesanteur ! La vie, ce doit être plus et mieux que ça. »

Elle trouvait que leur existence, à l'inverse de la sienne, n'avait aucune tenue. Et elle avait honte pour eux. Parfois, elle se demandait si elle n'était

pas une orpheline qu'ils avaient
adoptée.

— Je t'assure qu'elle m'inquiète. Elle
est très maigre, dit Denis.

— Oui, et alors ? C'est une danseuse, répondit Clémence.

— Les danseuses ne sont pas toujours aussi maigres qu'elle.

— Elle a treize ans. A cet âge, c'est
normal.

Rassuré par cet argument, Denis
put trouver le sommeil. La capacité
d'auto-aveuglement des parents est
immense : partant d'un constat exact
— la fréquence de la maigreur chez les
adolescents —, ils gommaient les circonstances. Leur fille était très fine par
nature, certes : sa maigreur actuelle
n'en était pas naturelle pour autant.

Les fêtes passèrent. Plectrude
retourna à l'école, pour son plus grand
soulagement.

— J'ai parfois l'impression d'avoir
perdu une enfant, dit Denis.

— Tu es égoïste, protesta Clémence. Elle est heureuse.

Elle se trompait doublement. D'abord, la fillette n'était pas heureuse. Ensuite, l'égoïsme de son mari n'était rien comparé au sien : elle eût tellement voulu être ballerine et, grâce à Plectrude, elle assouvissait cette ambition par procuration. Peu lui importait de sacrifier la santé de son enfant à cet idéal. Si on le lui avait dit, elle eût ouvert de grands yeux et se fût exclamée :

— Je ne veux que le bonheur de ma fille !

Et c'eût été de sa part franchise absolue. Les parents ne savent pas ce que leur sincérité cache.

Ce que Plectrude vivait à l'école des rats ne s'appelait pas le bonheur : il faut à ce dernier un minimum de sentiment de sécurité. La fillette n'en avait pas l'ombre, en quoi elle avait raison : à son stade, elle ne jouait plus avec sa santé, puisqu'elle jouait sa santé. Elle le savait.

Ce que Plectrude vivait à l'école des rats s'appelait l'ivresse : cette extase se nourrissait d'une dose énorme d'oubli. Oubli des privations, de la souffrance physique, du danger, de la peur. Moyennant ces amnésies volontaires, elle pouvait se jeter dans la danse et y connaître la folle illusion, la transe de l'envol.

Elle était en train de devenir l'une des meilleures élèves. Certes, elle n'était pas la plus maigre, mais elle était sans conteste la plus gracieuse : elle possédait cette merveilleuse aisance du mouvement qui est la plus suprême injustice de la nature, car la grâce est donnée ou refusée à la naissance sans qu'aucun effort ultérieur ne puisse pallier son manque.

Et puis, ce qui ne gâtait rien, c'est qu'elle était la plus jolie. Même à trente-cinq kilos, elle ne ressemblait pas à ces cadavres dont les professeurs louaient la maigreur : elle avait ses

144

yeux de danseuse qui illuminaient son visage de leur beauté fantastique. Et les maîtres savaient, sans pour autant en parler à leurs élèves, que la joliesse compte énormément dans le choix des danseuses étoiles ; à cet égard, Plectrude était de loin la mieux lotie.

C'était sa santé qui la tracassait en secret. Elle n'en parlait à personne mais, la nuit, elle avait si mal aux jambes qu'elle devait s'empêcher de crier. Sans avoir aucune notion de médecine, elle en soupçonnait la raison : elle avait supprimé jusqu'à la moindre trace de produits laitiers dans son alimentation. En effet, elle avait remarqué qu'il lui suffisait de quelques cuillerées de yaourt maigre pour se sentir « gonflée » (encore eût-il fallu voir ce qu'elle appelait « gonflée »).

Or, le yaourt maigre était le seul laitage admis dans l'établissement. S'en passer revenait à éliminer tout apport en calcium, lequel était censé cimenter l'adolescence. Si fous que fussent les adultes de l'école, aucun ne recommandait de se priver de yaourt, et même les élèves les plus décharnées en mangeaient. Plectrude bannit cet aliment.

Cette carence entraîna très vite d'atroces douleurs dans les jambes, pour peu que la petite restât immobile quelques heures, ce qui était le cas la nuit. Pour éliminer cette souffrance, il fallait se lever et bouger. Mais le moment où les jambes se remettaient en mouvement était un supplice digne d'une séance de torture : Plectrude devait mordre un chiffon pour ne pas hurler. Elle avait à chaque fois l'impression que les os de ses mollets et de ses cuisses allaient se rompre.

Elle comprit que la décalcification était la cause de ce tourment. Pourtant, elle ne put se décider à reprendre de ce maudit yaourt. Sans le savoir, elle était victime de la machine intérieure de l'anorexie, qui considère chaque privation comme irréversible, sauf à ressentir une culpabilité insoutenable.

Elle perdit encore deux kilos, ce qui la confirma dans l'idée que le yaourt maigre était « lourd ». Lors des vacances de Pâques, son père lui dit qu'elle était devenue un squelette et que c'était horrible, mais sa mère rabroua aussitôt Denis et s'extasia sur la beauté de sa fille. Clémence était le seul membre de sa famille que Plectrude voyait encore avec plaisir : « Elle au moins, elle me comprend. » Ses sœurs et même Roselyne la regardaient comme une étrangère. Elle ne faisait plus partie de leur groupe : ils ne se sentaient rien de commun avec cet assemblage d'ossements.

Depuis qu'elle était descendue plus bas que trente-cinq kilos, la danseuse éprouvait encore moins de sentiments. Elle ne souffrit donc pas de cette exclusion.

Plectrude admirait sa vie : elle se sentait comme l'héroïne unique d'une lutte contre la pesanteur. Elle l'affrontait par le jeûne et par la danse.

Le Graal était l'envol et, de tous les chevaliers, Plectrude était la plus proche de l'atteindre. Que lui importaient les douleurs nocturnes en regard de l'immensité de sa quête ?

Les mois, les années s'écoulèrent. La danseuse s'intégra à son école comme une carmélite à son ordre. En dehors de l'établissement, point de salut.

Elle était l'étoile montante. On parlait d'elle en haut lieu : elle le savait.

Elle atteignit l'âge de quinze ans. Elle mesurait toujours un mètre cinquante-cinq et n'avait donc pas même grandi d'un demi-centimètre depuis son entrée à l'école des rats. Son poids : trente-deux kilos.

Il lui semblait parfois qu'elle n'avait jamais eu de vie avant. Elle espérait que son existence ne changerait jamais. L'admiration d'autrui, réelle ou fantasmée, lui suffisait comme rapport affectif.

Elle savait aussi que sa mère l'aimait follement. Mine de rien, la conscience de cet amour lui servait de colonne vertébrale. Un jour, elle parla de ses problèmes de jambes à Clémence ; celle-ci se contenta de lui dire :

– Que tu es courageuse !

Plectrude savoura le compliment. Pourtant, en son for intérieur, elle eut l'impression que sa mère eût dû lui dire quelque chose de très différent. Elle ne savait pas quoi.

Ce qui devait arriver arriva. Un matin de novembre, comme Plectrude venait de se lever en mordant son chiffon pour ne pas hurler de douleur, elle s'effondra : elle entendit un craquement dans sa cuisse.

Elle ne pouvait plus bouger. Elle appela à l'aide. On l'hospitalisa.

Un docteur qui ne l'avait pas encore vue examina ses radios.

– Quel âge a cette femme ?

– Quinze ans.

— Quoi ? ! Elle a l'ossature d'une ménopausée de soixante ans !

On l'interrogea. Elle dévoila le pot aux roses : elle ne prenait plus aucun produit laitier depuis deux années — à l'âge où le corps en a des besoins démentiels.

— Vous êtes anorexique ?

— Non, voyons ! s'insurgea-t-elle de bonne foi.

— Vous trouvez que c'est normal de peser trente kilos à votre âge ?

— Trente-deux kilos ! protesta-t-elle.

— Vous croyez que ça change quelque chose ?

Elle recourut aux arguments de Clémence :

— Je suis ballerine. Il vaut mieux ne pas avoir de rondeurs dans mon métier.

— Je ne savais pas qu'on recrutait les danseuses dans les camps de concentration.

— Vous êtes fou ! Vous insultez mon école !

— A votre avis, que faut-il penser d'un établissement où on laisse une adolescente s'auto-détruire ? Je vais appeler la police, dit le médecin qui n'avait pas froid aux yeux.

Plectrude eut l'instinct de protéger son ordre :

— Non ! C'est ma faute ! Je me suis privée en cachette ! Personne ne savait.

— Personne ne voulait savoir. Le résultat, c'est que vous vous êtes cassé le tibia rien qu'en tombant par terre. Si vous étiez normale, un mois de plâtre suffirait. Dans votre état, je ne sais combien de mois vous allez devoir le garder, ce plâtre. Sans parler de la rééducation qui suivra.

— Mais alors, je ne vais pas pouvoir danser pendant longtemps ?

— Mademoiselle, vous ne pourrez plus jamais danser.

Le cœur de Plectrude cessa de battre. Elle sombra dans une sorte de coma.

Elle en sortit quelques jours plus tard. Passé le moment exquis où l'on ne se souvient de rien, elle se rappela sa condamnation. Une gentille infirmière lui confirma la sanction :

— Votre ossature est trop gravement fragilisée, surtout dans les jambes. Même quand votre tibia sera rétabli, vous ne pourrez pas recommencer la danse. Le moindre saut, le moindre choc pourrait vous briser. Il faudra des années de suralimentation en produits laitiers pour vous recalcifier.

Annoncer à Plectrude qu'elle ne pourrait plus danser revenait à annoncer à Napoléon qu'il n'aurait jamais plus d'armée : c'était la priver non pas de sa vocation mais de son destin.

Elle ne pouvait pas y croire. Elle interrogea tous les médecins possibles et imaginables : il n'y en eut pas un pour lui laisser une lueur d'espoir. Il faut les en féliciter : il eût suffi que l'un d'entre eux lui accordât un centième de chance de guérison et elle s'y fût accrochée au point d'y laisser la vie.

Après quelques jours, Plectrude s'étonna que Clémence ne fût pas à son chevet. Elle demanda à téléphoner. Son père lui dit qu'à l'annonce de la terrible nouvelle, sa mère était tombée gravement malade :

— Elle a de la fièvre, elle délire. Elle se prend pour toi. Elle dit : « Je n'ai que quinze ans, mon rêve ne peut pas être déjà fini, je serai danseuse, je ne peux pas être autre chose que danseuse ! »

L'idée de la souffrance de Clémence acheva Plectrude. Dans son lit d'hôpital, elle regardait le goutte-à-goutte qui la nourrissait : elle avait vraiment la conviction qu'il lui injectait du malheur en guise d'aliment.

Aussi longtemps que le moindre mouvement lui fut interdit, Plectrude resta à l'hôpital. Son père venait parfois lui rendre visite. Elle demandait pourquoi Clémence ne l'accompagnait pas.

— Ta mère est encore trop malade, répondait-il.

Cela dura des mois. Personne d'autre ne vint la voir, ni de l'école des rats, ni de sa famille, ni de son ancien collège : comme quoi Plectrude n'appartenait plus à aucun monde.

Elle passait ses journées à ne faire strictement rien. Elle ne voulait rien lire, ni livres ni journaux. Elle refusait la télévision. On diagnostiqua une dépression profonde.

Elle ne pouvait rien avaler. Encore heureux qu'il y eût le goutte-à-goutte. Ce dernier lui inspirait pourtant du dégoût : il était ce qui la rattachait à la vie, malgré elle.

Quand ce fut le printemps, on la ramena chez ses parents. Son cœur battait à l'idée de revoir sa mère : ce souhait lui fut refusé. La petite s'insurgea :

– Ce n'est pas possible ! Elle est morte ou quoi ?

– Non, elle est vivante. Mais elle ne veut pas que tu la voies dans cet état.

C'était plus que Plectrude n'en pouvait supporter. Elle attendit que ses sœurs fussent au lycée et que son père fût sorti pour quitter son lit : elle pouvait à présent se déplacer à l'aide de béquilles.

Elle tituba jusqu'à la chambre parentale, où Clémence était en train de dormir. En la voyant, la petite la crut morte : elle avait le teint gris et lui parut encore plus maigre qu'elle. Elle s'effondra à côté d'elle en pleurant :

– Maman ! Maman !

La dormeuse s'éveilla et lui dit :

– Tu n'as pas le droit d'être ici.

– J'avais trop besoin de te voir. Et puis maintenant c'est fait, et c'est mieux comme ça : je préfère savoir comment tu es. Du moment que tu es vivante, le reste m'est égal. Tu vas recommencer à manger, tu vas aller mieux : nous allons guérir toutes les deux, maman.

Elle remarqua que sa mère restait froide et ne l'étreignait pas.

— Serre-moi dans tes bras, j'en ai tellement besoin !

Clémence demeurait inerte.

— Pauvre maman, tu es trop faible même pour ça.

Elle se redressa et la regarda. Comme elle avait changé ! Il n'y avait plus aucune chaleur dans les yeux de sa mère. Quelque chose était mort en elle : Plectrude ne voulut pas le comprendre.

Elle se dit : « Maman se prend pour moi. Elle a cessé de manger parce que j'ai cessé de manger. Si je mange, elle mangera. Si je guéris, elle guérira. »

La petite se traîna jusqu'à la cuisine et prit une tablette de chocolat. Ensuite, elle revint dans la chambre de Clémence et s'assit sur le lit, près d'elle.

— Regarde, maman, je mange.

Le chocolat traumatisa sa bouche

qui avait perdu l'habitude des aliments, a fortiori d'une friandise aussi riche. Plectrude s'efforça de ne pas montrer son malaise.

— C'est du chocolat au lait, maman, c'est plein de calcium. C'est bon pour moi.

C'était donc ça, manger ? Ses entrailles tressaillaient, son estomac se révoltait, Plectrude se sentit sur le point de tourner de l'œil, mais elle ne s'évanouit pas : elle vomit — sur ses genoux.

Humiliée, désolée, elle resta immobile à contempler son œuvre.

Ce fut alors que sa mère dit, d'une voix sèche :

— Tu me dégoûtes.

La petite regarda l'œil glacial de la femme qui venait de lui lancer une telle condamnation. Elle ne voulut pas croire ce qu'elle avait entendu et vu. Elle s'enfuit aussi vite que ses béquilles le lui permettaient.

Plectrude tomba sur son lit et pleura autant que l'on peut pleurer. Elle s'endormit.

Quand elle s'éveilla, elle sentit un phénomène invraisemblable : elle avait faim.

Elle demanda à Béatrice, qui entre-temps était rentrée, de lui apporter un plateau.

– Victoire ! applaudit sa sœur qui ne tarda pas à lui ramener du pain, du fromage, de la compote, du jambon et du chocolat.

La petite ne prit pas ce dernier qui lui rappelait trop le récent vomissement ; en compensation, elle dévora le reste.

Béatrice exultait.

L'appétit était revenu. Ce n'était pas de la boulimie mais de saines fringales. Elle mangeait trois copieux repas par jour, avec une attirance particulière pour le fromage, comme si son corps la renseignait sur ses besoins les plus urgents. Son père et ses sœurs étaient ravis.

A ce régime, Plectrude reprit rapidement du poids. Elle retrouva ses quarante kilos et son beau visage. Tout allait pour le mieux. Elle parvenait même à ne pas éprouver de culpabilité, ce qui pour une ancienne anorexique est extraordinaire.

Comme elle l'avait prévu, sa guérison guérit sa mère. Celle-ci quitta enfin sa chambre et revit sa fille, qu'elle n'avait plus aperçue depuis le jour où elle avait vomi. Elle la regarda avec consternation et s'écria :

— Tu as grossi !

— Oui, maman, balbutia la petite.

— Quelle idée ! Tu étais si jolie avant !

— Tu ne me trouves pas jolie, comme ça ?

— Non. Tu es grosse.

— Enfin, maman ! Je pèse quarante kilos.

— C'est bien ce que je disais : tu as grossi de huit kilos.

— J'en avais besoin !

— C'est ce que tu te dis pour avoir

bonne conscience. Tu avais besoin de calcium, pas de poids. Si tu t'imagines que tu as l'air d'une danseuse, maintenant !

— Mais maman, je ne peux plus danser. Je ne suis plus une danseuse. Sais-tu combien j'en souffre ? Ne retourne pas le fer dans la plaie !

— Si tu en souffrais, tu n'aurais pas tant d'appétit.

Le pire était la voix dure avec laquelle cette femme lui assena son verdict.

— Pourquoi me parles-tu comme ça ? Ne suis-je plus ta fille ?

— Tu n'as jamais été ma fille.

Clémence lui raconta tout : Lucette, Fabien, l'assassinat de Fabien par Lucette, sa naissance en prison, le suicide de Lucette.

— Qu'est-ce que tu me racontes ? gémit Plectrude.

— Demande à ton père — enfin, à ton oncle —, si tu ne me crois pas.

160

La première incrédulité passée, la petite parvint à dire :

— Pourquoi me dis-tu ça aujourd'hui ?

— Il fallait bien te l'avouer un jour, non ?

— Bien sûr. Mais pourquoi de cette façon si cruelle ? Jusqu'ici, tu as été pour moi la meilleure des mères. Là, tu me parles comme si je n'avais jamais été ta fille.

— Parce que tu m'as trahie. Tu sais combien je rêvais que tu sois danseuse.

— J'ai eu un accident ! Ce n'est pas ma faute.

— Si, c'est ta faute ! Si tu ne t'étais pas stupidement décalcifiée !

— Je t'avais parlé de mes douleurs aux jambes !

— C'est faux !

— Si, je t'en avais parlé ! Tu m'avais même félicitée pour mon courage.

— Tu mens !

— Je ne mens pas ! Tu trouves que c'est normal, une mère qui félicite sa fille d'avoir mal aux jambes ? C'était un appel au secours et tu ne l'as même pas entendu.

— C'est ça, dis que c'est ma faute.

La mauvaise foi de Clémence laissa Plectrude sans voix.

Tout s'effondrait : elle n'avait plus de destin, elle n'avait plus de parents, elle n'avait plus rien.

Denis était gentil mais faible. Clémence lui ordonna de cesser de féliciter Plectrude pour son appétit retrouvé :

— Ne l'encourage pas à grossir, voyons !

— Elle n'est pas grosse, bégaya-t-il. Un peu ronde, peut-être.

Le « un peu ronde » signifia à la petite qu'elle avait perdu un allié.

Dire à une fille de quinze ans qu'elle est grosse, voire « un peu ronde », quand elle pèse quarante kilos, revient à lui interdire de grandir.

Une fillette, face à un tel désastre,

n'a que deux possibilités : la rechute dans l'anorexie ou la boulimie. Par miracle, Plectrude ne sombra ni dans l'une ni dans l'autre. Elle conserva son appétit. Elle avait des fringales que n'importe quel médecin eût trouvées salutaires et que Clémence déclarait « monstrueuses ».

En vérité, c'était une santé suprême qui intimait à Plectrude d'avoir faim : elle avait des années d'adolescence à rattraper. Grâce à sa frénésie de fromage, elle grandit de trois centimètres. Un mètre cinquante-huit, c'était quand même mieux qu'un mètre cinquante-cinq, comme taille adulte.

A seize ans, elle eut ses règles. Elle l'annonça à Clémence comme une merveilleuse nouvelle. Celle-ci haussa les épaules avec mépris.

— Ça ne te fait pas plaisir, que je sois enfin normale ?

— Combien pèses-tu ?

— Quarante-sept kilos.

— C'est bien ce que je pensais : tu es obèse.

— Quarante-sept kilos pour un mètre cinquante-huit, tu trouves ça obèse ?

— Regarde la vérité en face : tu es énorme.

Plectrude, qui avait retrouvé le plein usage de ses jambes, alla se jeter sur son lit. Elle ne pleura pas : elle ressentit une crise de haine qui dura des heures. Elle tapait du poing sur son oreiller et, à l'intérieur de son crâne, une voix hurlait : « Elle veut me tuer ! Ma mère veut ma mort ! »

Jamais elle n'avait cessé de considérer Clémence comme sa mère : peu lui importait qu'elle fût sortie de son ventre ou non. Elle était sa mère parce qu'elle était celle qui lui avait vraiment donné la vie – et c'était la même qui, à présent, voulait la lui retirer.

A sa place, nombre d'adolescentes se seraient suicidées. L'instinct de survie devait être sacrément ancré en

Plectrude car elle finit par se relever en disant à haute et calme voix :

— Je ne te laisserai pas me tuer, maman.

Elle se reprit en main, autant que cela était possible à une fille de seize ans qui avait tout perdu. Puisque sa mère était devenue folle, elle serait adulte à sa place.

Elle s'inscrivit à un cours de théâtre. Elle y fit grande impression. Son prénom y contribua. S'appeler Plectrude, c'était à double tranchant : soit on était laide et ce prénom soulignait votre laideur, soit on était belle et l'étrange sonorité de Plectrude démultipliait votre beauté.

Ce qui fut son cas. On était déjà frappé quand on voyait entrer cette jeune fille aux yeux superbes et à la démarche de danseuse. Quand on apprenait son prénom, on la regardait davantage et on admirait ses cheveux sublimes, son expression tragique, sa bouche parfaite, son teint idéal.

Son professeur lui dit qu'elle avait « un physique » (elle trouva cette expression étrange : tout le monde n'avait-il pas un physique ?) et lui conseilla de se présenter à des castings.

Ce fut ainsi qu'on la sélectionna pour jouer le rôle de Géraldine Chaplin adolescente dans un téléfilm ; en la voyant, l'actrice s'exclama : « Je n'étais pas si belle à son âge ! » On ne pouvait pourtant nier une certaine parenté entre ces deux visages d'une minceur extrême.

Ce genre de prestations rapportait à la jeune fille un peu d'argent, pas assez, hélas, pour lui permettre de fuir sa mère, ce qui était devenu son but. Le soir, elle rentrait à l'appartement le plus tard possible, afin de ne pas croiser Clémence. Elle ne pouvait cependant toujours l'éviter et se voyait alors accueillie d'un :

— Tiens ! Voilà Bouboule !

Dans le meilleur des cas. Dans le pire, cela devenait :

– Bonsoir, Dondon !

On pourrait mal comprendre comment des propos aussi surréalistes la blessaient à ce point ; ce serait ignorer l'air dégoûté avec lequel ces commentaires lui étaient assenés.

Un jour, Plectrude osa répliquer que Béatrice, sept kilos de plus qu'elle, ne recevait jamais de remarques aussi désobligeantes. A quoi sa mère répondit :

– Ça n'a rien à voir, tu sais bien !

Elle n'eut pas l'audace de dire que non, elle ne savait pas bien. Tout ce qu'elle comprit, c'est que sa sœur avait le droit d'être normale et pas elle.

Un soir, comme Plectrude n'avait pu trouver de prétexte pour ne pas dîner avec les siens, et comme Clémence prenait un air scandalisé chaque fois qu'elle avalait une bouchée, elle finit par protester :

— Maman, cesse de me regarder comme ça ! Tu n'as jamais vu quelqu'un manger ?

— C'est pour ton bien, ma chérie. Je m'inquiète de ta boulimie !

— Boulimie !

Plectrude regarda fixement son père, puis ses sœurs, avant de dire :

— Vous êtes trop lâches pour me défendre !

Le père balbutia :

— Ça ne me dérange pas que tu aies bon appétit.

— Lâche ! lança la jeune fille. Je mange moins que toi.

Nicole haussa les épaules.

— J'en ai rien à foutre, de vos conneries.

— Je n'en attendais pas moins de toi, grinça l'adolescente.

Béatrice respira un grand coup puis elle dit :

— Bon, maman, j'aimerais que tu laisses ma sœur tranquille, d'accord ?

— Merci, dit la jeune fille.

Ce fut alors que Clémence sourit et clama :

— Ce n'est pas ta sœur, Béatrice !

— Qu'est-ce que tu racontes ?

— Crois-tu que le moment soit bien choisi ? murmura Denis.

La mère se leva et alla chercher une photo qu'elle jeta sur la table.

— C'est Lucette, ma sœur, qui est la vraie mère de Plectrude.

Pendant qu'elle racontait l'histoire à Nicole et Béatrice, la petite avait saisi la photo et regardait avidement le joli visage de la morte.

Les sœurs étaient abasourdies.

— Je lui ressemble, dit l'adolescente.

Elle pensa que sa mère s'était suicidée à dix-neuf ans et que ce serait son destin à elle aussi : « J'ai seize ans. Encore trois ans à vivre, et un enfant à mettre au monde. »

Dès lors, Plectrude eut, pour les nombreux garçons qui tournaient autour d'elle, des regards qui n'étaient pas de son âge. Elle ne pouvait les dévisager sans penser : « Voudrais-je un bébé de celui-ci ? »

Le plus souvent, la réponse intime était non, tant il paraissait inimaginable d'avoir un enfant avec tel ou tel godelureau.

Au cours de théâtre, le professeur décida que Plectrude et un de ses camarades joueraient une scène de *La Cantatrice chauve*. Ce texte intrigua si profondément la jeune fille qu'elle se procura les œuvres complètes d'Ionesco. Ce fut une révélation : elle connut enfin cette fièvre qui pousse à lire des nuits entières.

Elle avait souvent essayé de lire, mais les livres lui tombaient des mains. Sans doute chaque être a-t-il, dans l'univers de l'écrit, une œuvre qui le transformera en lecteur, à supposer que le destin favorise leur rencontre. Ce que Platon dit de la moitié amoureuse, cet autre qui circule quelque part et qu'il convient de trouver, sauf à demeurer incomplet jusqu'au jour du trépas, est encore plus vrai pour les livres.

« Ionesco est l'auteur qui m'était destiné », pensa l'adolescente. Elle en conçut un bonheur considérable, l'ivresse que seule peut procurer la découverte d'un livre aimé.

Il peut arriver qu'un premier coup de foudre littéraire déchaîne le goût de la lecture chez l'intéressé ; ce ne fut pas le cas de la jeune fille, qui n'ouvrit d'autres livres que pour se persuader de leur ennui. Elle décida qu'elle ne lirait pas d'autres auteurs et s'enorgueillit du prestige d'une telle fidélité.

Un soir, comme elle regardait la télévision, Plectrude apprit l'existence de Catherine Ringer. En l'entendant chanter, elle ressentit un mélange d'engouement et d'amertume : engouement, parce qu'elle la trouvait formidable ; amertume, parce qu'elle eût voulu faire très précisément ce métier, alors qu'elle n'en avait ni la capacité, ni les moyens, ni la moindre notion.

Si elle avait été le genre de fille qui a une nouvelle ambition par semaine, ce n'eût pas été très grave. Ce n'était hélas pas son cas. A dix-sept ans, Plectrude avait peu d'enthousiasme. Ses cours de théâtre ne la passionnaient pas. Elle eût vendu son âme pour reprendre la danse, mais les médecins, s'ils avaient constaté un net progrès dans sa recalcification, étaient unanimes pour lui interdire son ancienne vocation.

Si la découverte de Catherine Ringer fut un tel choc pour l'adolescente, c'est parce qu'elle lui donnait, pour la première fois, un rêve étranger à la danse.

Elle se consola en pensant qu'elle allait mourir dans deux ans et qu'entre-temps elle devrait mettre un enfant au monde : « Je n'ai pas le temps d'être chanteuse. »

Au cours de théâtre, Plectrude eut à jouer un passage de *La Leçon* d'Ionesco. Pour un comédien, obtenir l'un des rôles principaux dans une pièce de son auteur préféré, c'est à la fois Byzance et Cythère, Rome et le Vatican.

Il serait faux de dire qu'elle devint la jeune élève de la pièce. Elle avait toujours été ce rôle, cette fille si enthousiaste face aux apprentissages élus qu'elle en venait à les pervertir et à les démolir — encouragée et devancée en cela, bien entendu, par le professeur, grand masticateur de savoir et d'étudiants.

Elle fut l'élève avec tant de sens du sacré que cela contamina la partie adverse : celui qui reçut le rôle du professeur fut automatiquement choisi par Plectrude.

Lors d'une répétition, comme il lui disait une réplique d'une vérité prodigieuse (« La philologie mène au crime »), elle lui répondit qu'il serait le père de son enfant. Il crut à un procédé langagier digne de *La Canta-trice chauve* et acquiesça. La nuit même, elle le prit au mot.

Un mois plus tard, Plectrude sut qu'elle était enceinte. Avis à ceux, s'ils existent, qui ne verraient encore en Ionesco qu'un auteur comique.

Plectrude avait l'âge de sa propre mère quand elle accoucha : dix-neuf ans. Le bébé fut appelé Simon. Il était beau et bien portant.

L'adolescente ressentit une fabuleuse bouffée d'amour en le découvrant. Elle ne se doutait pas qu'elle aurait à ce point la fibre maternelle et le déplora : « Ça ne va pas être facile de se suicider. »

Elle était pourtant déterminée à aller jusqu'au bout : « J'ai déjà mis de l'eau dans le vin de mon destin en renonçant à tuer le père de Simon. Mais moi, je n'y couperai pas. »

Elle berçait le petit en lui murmurant :

— Je t'aime, Simon, je t'aime. Je mourrai parce que je dois mourir. Si j'avais le choix, je resterais auprès de toi. Je dois mourir : c'est un ordre, je le sens.

Une semaine plus tard, elle se dit : « C'est maintenant ou jamais. Si je continue à vivre, je vais trop m'attacher à Simon. Plus j'attendrai, plus ce sera difficile. »

Elle n'écrivit aucune lettre, pour cette noble raison qu'elle n'aimait pas écrire. De toute manière, son acte lui paraissait si lisible qu'elle ne voyait pas la nécessité de l'expliquer.

Comme elle ne se sentait aucun courage, elle décida de revêtir ses plus beaux vêtements : elle avait déjà remarqué que l'élégance donnait du cœur au ventre.

Deux ans plus tôt, elle avait trouvé aux puces une robe d'archiduchesse fantasmatique en velours bleu nuit, avec des dentelles couleur de vieil or, si somptueuse qu'elle était importable.

« Si je ne la mets pas aujourd'hui, je ne la mettrai jamais », se dit-elle, avant d'éclater de rire en prenant conscience de la profonde vérité de cette pensée.

La grossesse l'avait un peu amaigrie et elle flottait dans la robe : elle s'en accommoda. Elle lâcha sa chevelure magnifique qui lui tombait jusqu'aux fesses. Quand elle se fut composé un maquillage de fée tragique, elle se plut et décréta qu'elle pouvait se suicider sans rougir.

Plectrude embrassa Simon. Au moment de sortir de chez elle, elle se demanda comment elle allait procéder : se jetterait-elle sous un train, sous une voiture, ou dans la Seine ? Elle ne s'était même pas posé la question : « Je verrai bien », conclut-elle. « Si on se soucie de ce genre de détails, on ne fait plus rien. »

Elle marcha jusqu'à la gare. Elle n'eut pas le courage de se précipiter sous les roues du RER. « Tant qu'à mourir, autant mourir à Paris, et de moins vilaine façon », se dit-elle, non sans un certain sens des convenances. Elle monta donc dans le train, où, de mémoire de banlieusards, on n'avait jamais vu une passagère d'aussi superbe allure, d'autant qu'elle souriait d'une oreille à l'autre : la perspective du suicide la mettait d'excellente humeur.

Elle descendit dans le centre de la ville et marcha le long de la Seine, à la recherche du pont qui favoriserait le mieux son entreprise. Comme elle hésitait entre le pont Alexandre-III, le pont des Arts et le Pont-Neuf, elle marcha longtemps, effectuant d'incessants allers-retours pour reconsidérer leurs mérites respectifs.

Finalement, le pont Alexandre-III fut recalé pour magnificence exagérée et le pont des Arts éliminé pour excès d'intimité. Le Pont-Neuf fut élu, qui la séduisit tant par son ancienneté que par ses plates-formes en demi-lune, idéales pour les réflexions de dernière minute.

Hommes et femmes se retournaient sur le passage de cette beauté qui ne s'en rendait pas compte, tant son projet l'absorbait. Elle ne s'était plus sentie aussi euphorique depuis l'enfance.

Elle s'assit sur le bord du pont, pieds dans le vide. Beaucoup de gens adoptaient cette position qui n'attirait plus l'attention de personne. Elle regarda autour d'elle. Un ciel gris pesait sur Notre-Dame, l'eau de la Seine frisait au vent. Soudain l'âge du monde frappa Plectrude : comme ses dix-neuf années seraient vite englouties dans les siècles de Paris !

Elle eut un vertige et son exaltation tomba : toute cette grandeur de ce qui dure, toute cette éternité dont elle ne ferait pas partie ! Elle avait apporté à la terre un enfant qui ne se souviendrait pas d'elle. Sinon, rien. La seule personne qu'elle avait aimée d'amour était sa mère : en se tuant, elle obéissait à celle qui ne l'aimait plus. « C'est faux : il y a aussi Simon. Je l'aime. Mais vu combien l'amour d'une mère est nocif, il vaut mieux que je le lui épargne. »

Sous ses jambes, le grand vide du fleuve l'appelait.

« Pourquoi ai-je attendu ce moment pour sentir ce qui me manque ? Ma vie a faim et soif, il ne m'est rien arrivé de ce qui peut nourrir et abreuver l'existence, j'ai le cœur desséché, la tête dénutrie, à la place de l'âme j'ai une carence, est-ce dans cet état qu'il faut mourir ? »

Le néant vrombissait sous elle. La question l'écrasait, elle fut tentée d'y échapper en laissant ses pieds devenir plus lourds que son cerveau.

A cet instant précis, une voix hurla, de loin :

— Plectrude !

« M'appelle-t-on de chez les morts ou de chez les vivants ? » se demanda-t-elle.

Elle se pencha vers l'eau, comme si elle allait y voir quelqu'un.

Le cri redoubla d'intensité :

– Plectrude !

C'était une voix d'homme.

Elle se retourna en direction du hurlement.

Ce jour-là, Mathieu Saladin avait éprouvé le besoin incompréhensible de quitter son XVIIe arrondissement natal pour se promener le long de la Seine.

Il profitait de cette journée douce et grise quand il avait vu venir en sens inverse, sur le trottoir, une apparition : une jeune fille d'une splendeur sidérante, vêtue comme pour un bal costumé.

Il s'était arrêté pour la regarder passer. Elle ne l'avait pas vu. Elle ne voyait personne, avec ses grands yeux hallucinés. Ce fut alors qu'il l'avait reconnue. Il avait souri de joie : « Je l'ai retrouvée ! On dirait qu'elle est toujours aussi folle. Cette fois-ci, je ne la lâche plus. »

Il s'était livré à ce plaisir qui consiste à suivre en secret une personne qu'on connaît, à observer ses comportements, à interpréter ses gestes.

Quand elle avait enjambé le Pont-Neuf, il n'avait pas eu peur : il l'avait vue avec un visage joyeux, elle n'avait pas l'air désespéré. Il s'était accoudé au bord de la Seine et penché pour regarder son ancienne camarade de classe.

Peu à peu, il avait trouvé que Plectrude avait une attitude des plus louches. Son exaltation même lui avait paru suspecte ; quand il avait eu la nette impression qu'elle allait se jeter dans le fleuve, il avait hurlé son prénom et couru vers elle.

Elle le reconnut aussitôt.

Ils eurent le prélude amoureux le plus court de l'Histoire.

— Tu as quelqu'un ? demanda Mathieu sans perdre une seconde.

— Célibataire, avec un bébé, répondit-elle aussi sec.

— Parfait. Tu me veux ?

— Oui.

Il empoigna les hanches de Plectrude et les retourna à cent quatre-vingts degrés, pour qu'elle n'eût plus les pieds dans le vide. Ils se roulèrent un patin afin de sceller ce qui avait été dit.

— Tu n'étais pas en train de te suicider, par hasard ?

— Non, répondit-elle par pudeur.

Il lui roula un nouveau patin. Elle pensa : « Il y a une minute, j'étais sur le point de me jeter dans le vide, et maintenant je suis dans les bras de l'homme de ma vie, que je n'avais plus vu depuis sept ans, que je croyais ne plus jamais revoir. Je décide de remettre ma mort à une date ultérieure. »

Plectrude découvrit une chose sur-prenante : on pouvait être heureux à l'âge adulte.

— Je vais te montrer où j'habite, dit-il en l'emmenant.

— Que tu es rapide !

— J'ai perdu sept ans. Ça m'a suffi.

Si Mathieu Saladin avait pu se douter du nombre d'engueulades que cet aveu allait lui valoir, il l'eût bou-clée. Combien de fois Plectrude ne lui cria-t-elle pas :

— Et dire que tu m'as laissée attendre sept ans ! Et dire que tu m'as laissée souffrir !

A quoi Mathieu protestait :

— Toi aussi, tu m'as laissé ! Pour-quoi ne m'avais-tu pas dit que tu m'aimais, à douze ans ?

— C'est le rôle du garçon ! coupait Plectrude, péremptoire.

Un jour, comme Plectrude enta-mait le couplet du déjà célèbre « et dire que tu m'as laissée attendre sept ans ! », Mathieu y coupa court par une révélation :

— Tu n'es pas la seule à avoir été à l'hôpital. De douze à dix-huit ans, j'ai été hospitalisé six fois.

— Monsieur s'est trouvé une nouvelle excuse ? Et pour quels bobos te soignait-on ?

— Pour être plus complet, sache que, de un à dix-huit ans, j'ai été hospitalisé dix-huit fois.

Elle fronça les sourcils.

— C'est une longue histoire, commença-t-il.

A l'âge d'un an, Mathieu Saladin était mort.

Le bébé Mathieu Saladin marchait à quatre pattes dans le salon de ses parents, explorant l'univers passionnant des pieds de fauteuil et des dessous de table. Dans une prise de courant, il y avait une rallonge qui ne donnait sur rien. Le bébé s'intéressa à cette ficelle qui s'achevait sur un demi-bulbe des plus saisissants : il le mit dans sa bouche et saliva. Il reçut une décharge qui le tua.

Le père de Mathieu ne put accepter cette sentence électrique. Il conduisit le bébé chez le meilleur médecin de la planète dans l'heure qui suivit. Personne ne sut ce qui se passa, mais il rendit la vie au petit corps.

Encore fallait-il lui rendre une bouche : Mathieu Saladin n'avait plus rien qui correspondît à cette appellation : ni lèvres, ni palais. Le médecin l'envoya chez le meilleur chirurgien de l'univers qui préleva ici un peu de cartilage, là un peu de peau, et qui, au terme d'un minutieux patchwork, reconstitua, sinon une bouche, au moins sa structure.

— C'est tout ce que je peux faire cette année, conclut-il. Revenez l'an prochain.

Chaque année, il réopérait Mathieu Saladin et rajoutait quelque chose. Puis il terminait par les deux phrases devenues rituelles. Ce fut le sujet de

plaisanteries de l'enfance et de l'adolescence du miraculé :

— Et si tu es bien sage, l'an prochain,
on te fera une luette (une arrière-bou-
che, une membrane vélaire, une cour-
bure palatale, une gingivo-plastie, etc.).

Plectrude l'écouta, au sommet de
l'extase.

— C'est pour ça que tu as cette
sublime cicatrice à la moustache !

— Sublime ?

— Il n'y a rien de plus beau !

Ils étaient vraiment destinés l'un à
l'autre, ces deux êtres qui, chacun de
manière si différente, au cours de la
première année de leur existence,
avaient côtoyé la mort de beaucoup
trop près.

Les fées, décidément trop nom-
breuses, qui avaient accablé la jeune
fille d'épreuves à la mesure des grâces
dont elles l'avaient parée, lui envoyè-
rent alors la pire des plaies d'Egypte :
une plaie de Belgique.

Quelques années avaient passé. Vivre le parfait amour avec Mathieu Saladin, musicien de son état, avait donné à Plectrude le courage de devenir chanteuse, sous un pseudonyme qui était un nom de dictionnaire et qui convenait ainsi à la dimension encyclopédique des souffrances qu'elle avait connues : Robert.

Il est régulier que les plus grands malheurs prennent d'abord le visage de l'amitié : Plectrude rencontra Amélie Nothomb et vit en elle l'amie, la sœur dont elle avait tant besoin.

Plectrude lui raconta sa vie. Amélie écouta avec effarement ce destin d'Atride. Elle lui demanda si tant de tentatives de meurtre sur sa personne ne lui avaient pas donné le désir de tuer, en vertu de cette loi qui fait des victimes les meilleurs des bourreaux.

— Votre père a été assassiné par votre mère quand elle était enceinte de vous, au huitième mois de sa grossesse. On a la certitude que vous étiez

éveillée, puisque vous aviez le hoquet.
Donc, vous êtes témoin !

— Mais je n'ai rien vu !

— Vous avez forcément perçu quelque chose. Vous êtes un témoin d'un genre très spécial : un témoin *in utero*. Il paraît que, dans le ventre de leur mère, les bébés entendent la musique et savent si leurs parents font l'amour. Votre mère a vidé le chargeur sur votre père, dans un état de violence extrême : vous avez dû le ressentir, d'une manière ou d'une autre.

— Où voulez-vous en venir ?

— Vous êtes imprégnée de ce meurtre. Ne parlons même pas des tentatives d'assassinat métaphoriques que vous avez subies et que vous vous êtes imposées par la suite. Comment pourriez-vous ne pas devenir meurtrière ?

Plectrude, qui n'y avait jamais songé, ne put dès lors qu'y penser. Et comme il y a une forme de justice, elle assouvit son désir d'assassinat sur celle qui le lui avait suggéré. Elle prit le fusil qui ne la quittait pas et qui lui était utile quand elle allait voir ses producteurs et tira sur la tempe d'Amélie.

« C'est tout ce que j'ai trouvé pour l'empêcher d'élucubrer », expliqua-t-elle à son mari, compréhensif.

Plectrude et Mathieu, qui avaient en commun d'avoir souvent traversé le fleuve des Enfers, regardèrent le macchabée avec une larme au coin des yeux. Cela renforça encore la connivence de ce couple très émouvant.

Dès lors, leur vie devint, à une syllabe près, une pièce d'Ionesco : « Amélie ou comment s'en débarrasser ». C'était un cadavre bien encombrant.

L'assassinat a ceci de comparable avec l'acte sexuel qu'il est souvent suivi de la même question : que faire du corps ? Dans le cas de l'acte sexuel, on peut se contenter de partir. Le meurtre ne permet pas cette facilité. C'est aussi pour cette raison qu'il constitue un lien beaucoup plus fort entre les êtres.

A l'heure qu'il est, Plectrude et Mathieu n'ont toujours pas trouvé la solution.

Du même auteur
aux Éditions Albin Michel

Hygiène de l'assassin, 1992.

Le Sabotage amoureux, 1993.

Les Combustibles, 1994.

Les Catilinaires, 1995.

Péplum, 1996.

Attentat, 1997.

Mercure, 1998.

Stupeur et tremblements, 1999, Grand Prix du roman de l'Académie française 1999.

Métaphysique des tubes, 2000.

Cosmétique de l'ennemi, 2001.

Composition réalisée par IGS

Imprimé en France sur Presse Offset par

BRODARD & TAUPIN

GROUPE CPI

La Flèche (Sarthe).
N° d'imprimeur : 23463 – Dépôt légal Éditeur 46155-04/2004
Édition 1
LIBRAIRIE GÉNÉRALE FRANÇAISE - 43, quai de Grenelle - 75015 Paris.

ISBN : 2 - 253 - 10928 - 2   ◈ 31/0928/7